경성의

핫플레이스

지의
크로키

경성의
핫플레이스

소설 속 식민지 공간을 만나다

박현수 지음

성균관대학교
출판부

차례

경성 핫플레이스

경성 핫플레이스

❹ 다방 제비

화신백화점

경성부청

종각

남대문통

조선호텔

가네보
프루츠
필러

경성
우편국

남대문

❺ 미쓰코시
백화점

용산역

경성역

한강철교

홍화문

❸
창경궁

창덕궁

제국대학병원

파고다
공원

단성사

종 로 통

❷ 우미관

경성사범학교

황 금 정 통

약 초 정

프랑스
교회

❻
명치제과

본 정 통

미나카이
백화점

상왕십리

마장리

뚝섬면

❼
군자리
골프장

❽
한강
유원지

한강인도교

중랑천

한강

시흥군

1장

철도의 중심 혹은 경성의 관문,
경성역

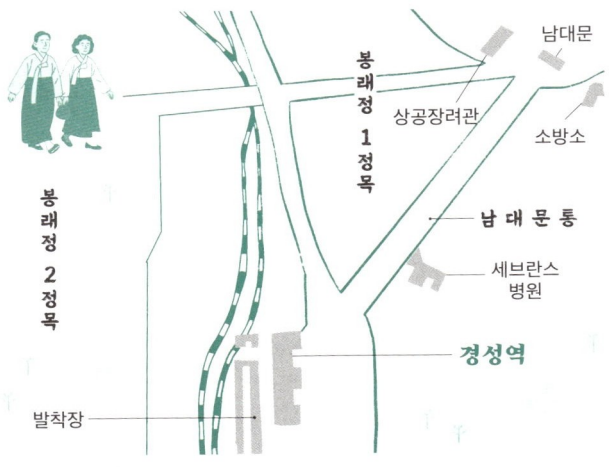

봉래정 1 정목

봉래정 2 정목

남대문

상공장려관

소방소

남대문통

세브란스 병원

경성역

발착장

경성역은 2003년 12월 새로운 역이 신축되기까지 서울역의 역할을 했던 곳이다. 경성역이 준공된 것은 1925년 10월 25일이었다. 대지 총 270,000제곱미터, 역사 17,000제곱미터에 지하 1층, 지상 2층으로 세워졌다. 비잔틴풍의 돔을 올린 르네상스 건축양식을 표방하고, 벽돌과 석재를 자재로 건축되었다. 식민지 시대 경성역은 남쪽으로 부산과 목포, 북쪽으로는 신의주와 원산을 연결하는 철도의 중심에 위치했다. 한편 경성역은 그 자체로 웅장하고 화려한 모습을 지녀 경성에 거주하는 사람들에게는 근대 문명의 위용을 자랑했다. 지금도 경성역은 서울역 옆에 '문화역 서울284'라는 이름으로 보존되고 있다.

르네상스 양식의 웅장하고 세련된

1925년 10월 『동아일보』에는 「새롭게 개장할 경성역」이라는 기사가 실렸다. 이전 남대문정거장 자리에 새로운 역사가 세워져 개장을 기다리고 있다는 내용이었다.

> ▷ 이천 남대문뎡거댱 터에 새로 지은 부흥식 연와 2층 양옥 경셩뎡거댱도 머지 안나 손님을 맞고 보내게 된담니다. (……) 내부에는 승강긔와 난방장치도 잇고 아래층에는 예쳔과 가치 일, 이, 삼등대합실 외에 부인대합실과 귀빈실, 강객실도 잇담니다. 2층예는 이발실과 크고 척은 식당이 잇다는데 이백여 명분의 연회셜비도 볼 만하담니다.

인용문에는 1층에 1, 2, 3등 대합실이 있으며, 2층에 200여 명을 수용할 수 있는 식당과 함께 이발실 등도 갖추었다고 했다. 개장 당시 경성역의 모습은 기사와 함께 실린 사진에서 확인할 수 있다. '부흥식 연와 2층 양옥'이라는 것은 벽돌로 지어진 르네상스 양식(Renaissance style)의 2층 건물이라는 뜻이다. 실제 건축 자재로는 벽돌과 함께 화강석도 사용되었다.

경성역의 건축 양식에 관해서는 1939년 5월 『조선일보』에 발표된 「양식」에서도 언급되고 있다. 기사에서도 경성역이 르네상스식으로 세워졌음을 강조하는데, 그 특징을 둥근 지붕과 가지런히 배치된 2층 창문의 모습에서 찾고 있다. 또 고대 그리스나 로마의 건축양식을 복고했기 때문에 웅장함과 세련됨을 갖추고 있다는 것이다.

실제 경성역의 전체 건축은 비례와 조화를 기본 원리로 하는 르네상스 양식에 의해 지어졌다. 돔으로 된 지붕은 비잔틴 양식을 따르고 있는데, 르네상스 양식이 비잔틴의 그것을 부흥시킨 것이니, 크게 다르지는 않다. 돔의 옆부분은 모든 면에 창을 설치해 중앙의 홀에 자연 채광이 되게 설계되었다.

경성역의 외관과 내부는 염상섭의 소설 『광분(狂奔)』에 잘 나타나 있다. 염상섭은 식민지 현실을 특유의 날카롭고 냉소적인 문체로 그려낸 작가다. 염상섭의 대표작은 『삼대(三代)』인데, 『삼대』는 교과서에도 실려 있어 대중적으로도 잘 알려진 소설이다. 그런데 작가는 『삼대』를 발표하기 직전인 1929년 10월에서 다음해 8월까지 『조선일보』에 소설 『광분』을 연재했다. 『광분』은 음악학교를 졸업한

새로운 개장을 앞둔 경성역. 출처는 『동아일보』, 1925.10.8.

민경옥과 연극단체 적성좌를 운영하는 주정방을 중심으로
돈과 애욕이 얽히고설키는 식민지 조선의 세태를 그린 작
품이다.

　『광분』은 일본 유학을 마치고 돌아오는 경옥을 마중
하기 위해 의붓어머니와 동생이 경성역을 방문하는 장면
으로 시작된다.

　▽　일 원짜리 택시인 모양이나 그래도 남볼썽 사납지 않은
　　시보레 자동차 한 대가 경성역 청문을 그대로 지나 남편
　　일, 이등 대합실 문 앞에 미끄러지듯이 대어놓자 일행 네
　　사람은 젊은 귀부인을 선두로 컨등불이 환한 대합실로
　　들어갔다. 컨등불이 환한 대합실 안 남편 벽에 걸린 시계는
　　여섯시 사십분을 가리키고 있다.

쉐보레(Chevrolet) 택시가 경성역 남쪽 대합실 문 앞에 정차하자 경옥을 마중 나온 일행 네 사람이 내린다. 네 사람은 경옥의 의붓어머니 숙정, 그녀의 친딸 정옥, 제국대학 의대생 진태, 여자 하인인 을순이다. 면면에서 알 수 있듯이 소설이 전개되면서 이들 네 사람 역시 돈과 애욕에 휩쓸려 들어간다.

일행이 대합실에 들어서자 전등불이 환하게 밝힌 남쪽에 시계가 걸려 있다고 했다. 정문 위에 경성역을 상징하던 큰 시계 외에 대합실 내부에도 시계가 설치되어 있었음을 알 수 있다. 인용문에 이어지는 부분에서는 기차가 도착하고 기적 소리가 잠잠해지자 사람들의 소리가 또다시 자다 깨어난 듯이 한층 더 북적대기 시작했다고 한다.

경성역은 1925년 10월 25일 준공식을 가졌다. 대지 총 270,000제곱미터, 역사 17,000제곱미터에 지하 1층, 지상 2층으로 세워졌다. 비잔틴풍의 돔을 올린 르네상스 건축양식을 표방하는 한편 자재는 벽돌과 화강석을 사용해 서구적인 모습을 뚜렷이 드러냈다.

공사비는 모두 2백만 원 가까이 들었는데, 비용은 건축을 주관한 총독부 철도국에서 담당했다. 총독부 철도국에서 경성역 건축을 주관했다는 사실은 경성역이 지닌 성격과 관련되는 것으로 기억해 둘 필요가 있다.

경성역을 설계한 인물은 독일인 게오르크 데 랄란데(Georg de Lalande)였는데, 그는 이미 조선총독부 신청사와 조

1925년 10월 25일에 있었던 경성역 준공식 사진. 출처는 〈공유마당〉.

선호텔의 설계를 담당한 바 있었다. 게오르크 데 랄란데는 일본인 츠카모토 야스시(塚本靖)의 도움을 받아 경성역의 설계를 맡아 준공을 주도했다. 앞선 기사처럼 경성역이 준공되기 이전까지는 남대문정거장이 경성의 관문 역할을 했다.

그런데 남대문정거장은 허름한 건물들로 되어 있어 마치 지방의 간이역처럼 보였다. 제국 일본의 입장에서 식민지 수도의 관문을 화려한 모습으로 웅장하게 신축하는 일은 다급한 과제였었을 것이다. 고층건물이 드물었던 시기에 웅장하고 세련되게 세워진 경성역은 멀리서도 눈에 띄어 식민지 조선인들에게 근대의 위력을 느끼게 하는 상징의 역할 역시 맡았다.

고급 서양요리점, 그릴(Grill)

경성역의 내부는 1929년 9월 잡지 『별건곤』에 실린 「경성 해부: 2일 동안에 서울 구경 골고루 하는 법」에서 도움을 얻을 수 있다. 글은 경성을 구경하는 매뉴얼답게 가장 먼저 그 관문인 경성역에 대해 소개한다. 경성역에 도착하면 기차에서 내려 밖으로 나가려면 한 층을 올라가야 한다는 것이 놀랍다고 얘기한다. 당시로 보면 드물게 기차가 출발하고 도착하는 발착장이 지하에 위치하고 있었음을 알 수 있다.

1층에는 대합실, 귀빈실과 함께 특이한 공간으로 '무료 변소'가 있다고 소개한다. 무료라고 강조를 한 것은 그곳 외의 변소에서는 용변을 보는 데 돈을 지불했음을 말해준다. 유료 변소에 대한 경이로움은 앞선 「새롭게 개장할 경성역」에서도 언급되고 있다. 돈을 내고 용변을 보는 일은 아이러니하게도 지방, 특히 시골에서 온 사람들에게 가장 먼저 경성의 위력을 실감나게 하는 일이었을 것이다.

유료 변소 때문은 아니더라도 박태원의 소설 「윤 초시

의 상경」에서 윤 초시 역시 경성에 올라오자마자 경성역의
위용에 주눅 들고 만다. 가출로 아버지의 우환이 된 홍수를
찾아와 달라는 부탁을 받고 기세 등등 경성에 도착했건만,
윤 초시는 경성역에서 이리 밀리고 저리 밀리다 광장으로 나
가서는 택시 기사와 자전거를 모는 소년에게 연거푸 '빠가
(ばか)!', 곧 바보라는 소리까지 듣는다. 처음 방문하는 사람들
에게 경성역은 어지간히 정신없는 공간이었음을 달해준다.

　「경성 해부: 2일 동안에 서울 구경 골고루 하는 법」에
는 2층에 가면 비싼 서양요리점이 있다는 얘기가 덧붙여
져 있다. 앞서 200여 명을 동시에 수용할 수 있다고 했던
'그릴(Grill)' 식당을 가리킨다. 사진은 경성역 2층에 위치했
던 고급 서양요리점 그릴의 내부 모습이다.

　식민지 시대 소설에는 그릴이 등장하는 작품도 드물
지 않다. 먼저 이광수의 『흙』에서는 허숭이 평텬(奉天)행 열

경성역 2층에 위치했던 고급 식당 '그릴'의 내부 모습.

차를 타기 위해 밤늦게 경성역을 찾는 장면이 나온다. 출발 시간이 1시간 정도 남은 것을 확인한 허숭은 그릴에 가서 병풍 뒤의 호젓한 자리에 앉는다. 그리고 같이 나온 유월이에게 이제 그만 돌아가라고 하지만 그녀는 따라가겠다고 고집을 부렸다. 『흙』을 통해 그릴이 허숭처럼 열차 시간보다 일찍 도착한 승객들이 요기를 하거나 음료를 마시는 공간으로 사용되었음을 알 수 있다.

　김남천의 소설 『사랑의 수족관』에서도 그릴이 등장한다. 김남천은 일반적으로 문학에서 계급주의적 지향을 보였던 '카프(KAPF)'의 작가로 알려져 있다. 그런데 작가는 1930년대 후반이 되면 도회적 분위기를 배경으로 인간 실존의 문제에 천착한 『사랑의 수족관』, 「경영」, 「바다로 간다」 등의 소설을 발표한다.

　『사랑의 수족관』은 김광호와 이경희라는 인물을 중심으로 전개되는데, 광호는 대학을 졸업하고 철도회사에서 토목기사로 일하는 청년이며, 경희는 대학에서 가정학을 전공한 뒤 사회사업에 관심을 가진 여성이다. 광호는 양덕에 위치한 공사장에서 일하다가 경성 본사에서 근무하게 되어 열차를 타고 경성역에 도착한다. 경성역에는 경희와 함께 어머니, 형수 등이 마중을 나와 광호를 반갑게 맞는다. 광호는 일행을 그릴로 안내하는데, 다들 식사를 했다는 말에 차를 마시게 된다. 식민지 시대에는 경성을 오고갈 때 배웅이나 마중을 하는 일이 지금보다 더욱 일반화되어 있었으니, 광호 일행과 같은 이유로 그릴을 방문하는 손님들도 많았을 것이다.

그릴에서는 주로 정식, 스테이크, 돈가스, 함박스테이크 등 주로 서양요리를 제공했는데, 정통 서양요리라기보다는 '화양절충(和洋折衷)'의 요리에 가까운 음식이었다. 화양절충의 음식이란 '라이스카레(ライスカレー)', '돈가스(豚カツ)', '고로케(コロッケ)' 등과 같이 일본인의 입맛에 맞춘 서양음식을 뜻한다. 그릴에서는 요리 외에 커피, 홍차, 음료 등도 제공했다.

개업 당시 동시에 200명의 인원을 수용할 수 있었으며 요리사도 40명 정도였으니, 규모로는 경성에서 손가락을 꼽을 정도였다. 정식의 가격은 3원 20전이었으며, 나머지 일품요리들은 1원 50전에서 2원 정도였다. 지금으로 따지면 정식이 15만 원이 넘고 일품요리들도 7만 5천원에서 10만원 정도였으니, 최고급 식당이었다고 할 수 있다. 그랬으니 그릴을 찾는 사람들 역시 일본인들을 중심으로 일부 부유한 조선인들에 한정되었다.

한편 그릴이 경성역 2층에 위치했던 만큼 경성을 오고 가는 사람들의 환영회와 환송회 공간으로도 사용되었다. 1934년에는 경성과 일본 관동 지역 학생 간의 탁구대회가 열렸는데, 그 환영회가 열린 곳도 그릴이었다. 또 1936년 동계올림픽에 김정연, 이성덕, 장우식 등 빙상선수 3명이 참가했는데, 그 중 장우식의 아버지가 그릴의 별실에서 환송회를 열어줬다고 한다.

절실한 서글픔과 우렁찬 기적 소리

경성역에는 메인 식당인 그릴 말고도 '티룸(tearoom)'이 따로 있었다. 경성역 티룸은 이상의 대표작 「날개」에 흥미롭게 그려져 있다. 식민지 시대 작가 가운데 이상만큼 인기가 있는 작가도 드물다. 거기에는 난해한 내용, 준수한 외모, 그리고 무엇보다 그의 요절이 작용하고 있다. 그렇다고 독자들이 처음부터 이상을 좋아하지는 않았던 것 같다. 「오감도」가 『조선중앙일보』에 실렸을 때는 '미친 수작 그만하라'는 항의가 거셌다는 것을 보면 그렇다. 옆의 삽화는 「날개」가 『조광』에 발표될 때 이상이 직접 그린 것이다.

「날개」의 중심인물 '나'는 방에만 머물다가 우연한 기회에 용기를 내어 외출을 감행한다. 그런데 외출은 손님을 받아야 하는 아내에게 더욱 반가운 일이라 아내는 '나'의 외출을 적극적으로 권유 아니 강요한다.

문제는 '나'의 외출이 아내가 원하는 만큼 오래 계속되지 못한다는 것이었는데, 어느 날 문제를 해결할 수 있

▽ 그것은 내게는 큰 발견이었다. 거기는 위선 아모도
아는 사람이 않 온다. 설사 왔다가도 곧들 가니까 좋다.
나는 날마다 여기 와서 시간을 보내리라 속으로 생각하야
두었다. 케일 여기 시계가 어느 시계보다도 정확ᄒᆞ리라는
것이 좋았다. 엇불니 서루른 시계를 보고 그것을 믿고 시간
컨에 집에 도라갔다가 큰 코를 다쳐어는 않 된다.

인용문에 '거기' 혹은 '여기'로 나타나 있는 곳이 바로
경성역 티룸이다. 아는 사람도 없고 와도 금방 돌아가니까,
'나'가 소일하기는 적당한 곳이라고 했다. 조금은 덜떨어
진 듯 등장하지만 '나'가 이미 익명성 속에 숨는 것을 알았
음을 뜻한다. 인용문에 나타나 있지는 않지만 「날개」에는

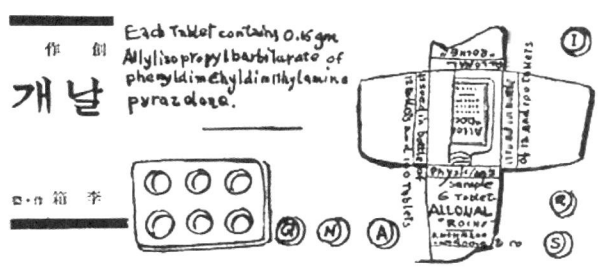

「날개」가 『조광』에 발표될 때 이상이 직접 그린 삽화. 출처는 『조광』 11호,
1936.9.

티룸이 1, 2등 대합실 옆에 있다고 되어 있다.

'나'가 티룸이 마음에 든 이유 중 하나는 경성역의 시계가 어느 시계보다 정확해서였다. 섣불리 서툰 시계를 믿고 집으로 돌아갔다가는 손님과 함께 있는 아내에게 혼이 날 수도 있어서였다. 앞서도 확인했지만 경성역의 중앙에는 직경 1미터가 넘는 대형 벽시계가 설치되어 사람들에게 시간을 알려주는 역할을 했다. 일본이 조선을 강점하면서 정착시키려고 애썼던 것 중 하나가 조선인들을 계량화된 시간에 맞춰 활동하게 만드는 것이었음을 고려하면 경성역에 대형 벽시계를 설치한 이유 역시 짐작할 수 있다.

그날부터 '나'는 외출을 하면 으레 경성역 티룸을 방문한다. 혼자서 커피를 시켜 마시면서 다른 손님들이 얼른얼른 커피를 마시고 나가는 데 서글픔을 느끼기도 한다. 하지만 '나'는 그 서글픔이 절실해서 마음에 들었고, 어쩐지 기차가 내는 우렁찬 기적 소리가 모차르트의 음악보다 좋았다. 식민지 시대 다방이나 카페는 식탁과 식탁 사이에 칸막이를 설치한 박스형과 홀 같은 공간에 여러 개의 식탁을 놓은 개방형이 있었다. 「날개」의 '나'가 박스에서 혼자 커피를 마셨다는 것을 고려하면 경성역 티룸은 박스형 좌석도 갖추고 있었음을 알 수 있다.

'나'가 티룸에서 무엇을 하며 시간을 보내는지 조금 더 지켜보자. '나'는 혼자 커피를 시켜놓고 시간을 보내다가, 그것도 지겨우면 메뉴판을 펼쳐 몇 개 안 되는 메뉴를 치읽고 내리읽고 여러 번 읽었다. 그러다가 정신이 오락가락하던 중에 손님이 뜸해지면서 종업원들이 여기저기를 정리하는 것을 느낀다. 경성역 티룸은 밤 11시가 되면 문을 닫았으니, 그곳도 '나'가 안식을 취할 수 있는 공간은 아니었던 것이다.

「날개」에서 아내는 '나'의 외출이 충분히 만족스럽지 않자 수면제를 먹여 '나'의 정신이라도 외출하게 만든다. '나'는 수면제를 감기약으로 알고 며칠을 비몽사몽으로 지냈다. 겨우 깨어난 '나'는 몽롱한 정신으로 몇 번이나 차에 치일 뻔하면서 기어이 경성역을 찾아갔다. 정신이 없는 중에도 빈자리와 마주 앉아 쓰디쓴 커피를 마시고 싶었기 때문이다.

경성역 티룸의 온전한 성격을 엿볼 수 있는 것은 오히려 이 부분에서이다. 커피를 마실 희망에 부풀어 경성역에 들어섰을 때 불현듯 한 가지 생각이 '나'의 머리를 스쳐간다. 주머니에 돈이 한 푼도 없다는 사실이 그것이었다. 이후 '나'가 할 수 있는 일이란 얼빠진 사람처럼 맥없이 머뭇머뭇하면서 그저 이리 갔다 저리 갔다 하는 것뿐이었다.

경성역 티룸이 문을 연 것은 1932년 6월이었으며, 맥주, 음료와 함께 간단한 음식도 팔았다. 티룸은 1층의 1, 2등 대합실 옆에 있었는데, 예전에는 부인대합실로 사용되던 공간이었다. 부인대합실을 이용하는 승객이 긑지 않자 총독부 철도국에서 수익을 올릴 수 있는 티룸을 설치한 것으로 보인다.

이름을 '끽다점(喫茶店)'이라 하고도 '미인 웨이트리스'를 네다섯 명이나 두고 맥주도 팔았다고 한다. 그런 것을 고려하면 경성역 티룸은 다방과 카페 중간 정도의 성격을 지닌 공간이었던 것 같다. 하지만 그곳도 밤 11시가 되면 문을 닫았고, 더 중요한 것은 그곳을 이용하려면 비용을 지불해야 했다. 경성역 메인식당인 그릴만큼 비싸지는 않았지만 티룸을 이용하는 가격 역시 부담이 없는 정도는 아니었다.

대합실의 풍경

그렇다면 경성역 대합실의 풍경은 어땠을까? '역'임을 고려하면 가장 중요한 공간이었을 텐데, 경성역 대합실의 모습은 박태원의 소설 「소설가 구보 씨의 일일」를 통해 접근해 보자. 박태원은 1930년대 '구인회(九人會)'의 일원으로 활동했는데, 들고 나옴이 있었지만 구인회의 나머지 멤버들은 이상, 이태준, 김기림, 정지용, 박팔양, 이무영, 김유정, 김환태 등이었다.

「소설가 구보 씨의 일일」은 1934년 8월부터 9월까지 『조선중앙일보』에 연재되었다. 연재 당시 「소설가 구보 씨의 일일」을 접한 독자들은 꽤나 당혹스러웠을 것 같다. 생경한 띄어쓰기와 익숙하지 않은 줄 바꿈 속에서 산책과 응시를 거듭하는 구보 씨의 모습이 낯설었기 때문이다. 또하나 독자들을 당혹스럽게 했던 것은 「소설가 구보 씨의 일일」과 같은 면에 이상의 연작시 「오감도」가 같이 연재되었다는 사실일 것이다.

당시의 낯섦과는 별개로 지금 구보 씨가 100년 전 서울의 여기저기를 기웃거리는 모습을 들여다보는 일은 흥미롭다. 천변에서 시작해 종로, 장곡천정 등으로 산책을 이어가던 구보 씨는 왠지 모를 고독을 느끼고 약동하는 무리를 보고 싶다는 마음에 경성역을 찾는다.

> 그는 눈앞에 경성역을 본다. 그곳에는 마땅히 인생이
> 있을 게다. 이 낡은 서울의 호흡과 또 감정이 있을 게다.
> 도회의 소설가는 모름지기 이 도회의 항구와 친하여야
> 한다.

구보 씨는 경성의 인생과 호흡, 또 감정이 있을 것을 기대하면서 경성역으로 발길을 향한다. 경성역을 소설가라면 친해야 할 '도시의 항구'로 표현하고 있는 것도 흥미롭다. 하지만 구보 씨의 눈에 들어온 경성역 대합실의 풍경은 기대와는 많이 달랐다.

시골에서 가게라도 운영하는 듯 보이는 중년 남성은 옆에 앉은 초라한 노파와 어떻게든 거리를 가지려고 노력한다. 또 개찰구 앞에는 낡은 파나마 모자에 모시두루마기를 입은 사내들이 서 있었는데, 구보 씨는 한눈에 그들이 금광 브로커라는 것을 알아차렸다. 심지어 그곳에는 캡을 쓰고 린넬 쓰메에리 양복을 입은 채 출입구 옆에 기대서서 온갖 사람을 의혹의 눈으로 감시하는 형사로 보이는 사내까지 있

박태원의 「소설가 구보 씨의 일일」에 나타난 경성역 대합실. 출처는
『조선중앙일보』 1934.8.18.

었다. 위의 삽화는 「소설가 구보 씨의 일일」이 『조선중앙일
보』에 연재될 때 같이 실린 것으로, 경성역 대합실의 풍경을
묘사하고 있다. 삽화를 그린 이가 「날개」의 작가 이상이라
는 점도 이채롭다. 박태원과 이상은 막역한 친구 사이였다.

　　고독을 피해 경성역에 간 구보 씨는 오히려 그곳에서
고독을 발견한다. 대합실은 끼어 앉을 공간이 없을 정도로
사람들로 빽빽했지만 그곳에서 인간 본연의 정을 찾을 수
는 없었다.

> ▷　그네들은 거의 여페 사람에게 한마디 말을 건네는 일도
> 업시, 오즉 자기네들 사무에 바썻고, 그리고 간혹 말을
> 건네도, 그것은 자기네가 타고 갈 열차의 시각이나 그러한
> 것에 지나지 안엇다. (……) 남을 결코 밋지 안는 그네들의
> 눈은 보기에 딱하고 또 가엽섯다.

『광분』에 등장하는 경성역 대합실의 모습.
출처는 『동아일보』, 1929.10.4.

경성역 대합실에 모여 있는 사람들은 남을 결코 믿지 않았고 옆의 사람에게 한마디 말을 건네는 일도 없었다. 이렇듯 「소설가 구보 씨의 일일」의 경성역 대합실 역시 「날개」에 나타난 경성역 티룸과 마찬가지로 익명성으로 포장된 사람들로 가득하며, 또 소외가 만연한 공간으로 그려진다.

구보 씨가 경성역 티룸에 가게 된 것은 이 부분에서였다. 경성역에서 '인생' 대신 '고독'을 발견한 구보 씨에게 한 사내가 둥글넓적한 얼굴에 비속한 웃음을 지으며 손을 내밀었기 때문이었다. 그는 중학시절 동창생으로, 공부는 못 했어도 전당포를 하는 부잣집 아들이었다. 같이 차나 한 잔 하자는 동창생의 제안에 구보는 내키지 않는 발걸음을 옮긴다.

티룸에 간 이들은 '가루피스(カルピス)'를 먹어라, 안 먹는다며 언쟁을 벌이기도 한다. 전당포집 아들인 동창생은 옆에 자신과는 어울리지 않는 여자 하나를 데리고 있었는

데, 둘은 인천 월미도에 놀러가는 길이었다. 동창생이 근사한 애인을 데리고 월미도에 간다며 거들먹거릴 수 있었던 것 역시 결국 돈 때문이었다는 점에서, 앞서 경성역 대합실을 가득 메운 익명성과 소외가 지닌 다른 한 면을 보여준다.

경성역의 두 얼굴

경성역은 경성을 방문하는 사람들에게 '문명'이나 '모던' 을 상징하는 건물이었다. 경성에 와서 처음 접하는 웅장하고 화려한 경성역의 위용은 '문명'과 '모던'의 위력을 실감 나게 했다. 그것은 경성에 거주하는 사람들에게도 마찬가지였을 것이다. 새롭게 개장한 경성역의 사진을 보면 그 위용을 어렵지 않게 느낄 수 있다.

먼저 비잔틴풍의 돔을 중심으로 벽돌과 화강석으로 지어진 경성역의 전경이 그랬다. 또 지하 1층의 발착장에서는 한 번 타 보기도 힘든 기차가 쉴 새 없이 출발하고 도착하는 풍경을 만들어냈다. 경성역의 내부에는 여러 개로 구분된 대합실은 물론 그릴, 티룸, 사무실 등이 세련된 외양을 갖추고 자리 잡고 있었다. 경성역은 공간 자체를 통해 식민지 조선인에게 '문명'이나 '모던'이라는 생경한 문물을 경험하고 받아들이게 했던 것이다.

경성역을 건립했던 표면적인 취지는 폭발적으로 증

새롭게 개장한 경성역의 전경. 출처는 『사진엽서로 보는 근대풍경 1』
(부산박물관 엮음, 민속원, 2009), 20쪽.

가하는 경성의 교통 인구를 흡수한다는 것이었다. 국제적
인 철도 교통의 시대를 준비한다는 명분도 더해졌는데, 여
기서 '국제적'이 뜻하는 바는 '자의(字意)'만큼 번지르르하
지 않다. 지금 서울역은 종착역의 성격을 지닌다. 더 운행
을 이어갈 수 없는 이유를 생각해 보면 안타깝지만 현재로
서 종착역인 것만은 분명하다.

　　하지만 식민지 시대 경성역은 경성정거장에 가까웠다.
앞선 『별건곤』의 글을 보면 경성에 사는 사람이 지방을 다녀
올 때는 영등포나 수색에서부터, 또 지방 사람이 경성을 방
문할 경우 수원이나 개성에서부터 가슴이 두근거린다고 했
다. 지금은 수원이나 영등포에서 설렘을 느낄지 모르지만 반
대편인 개성이나 수색에서 그런 감정을 경험하기는 힘들다.

　　식민지 시대 경성역의 역할은 이와 달랐다. 1905년

1월 경성에서 부산을 연결하는 경부선이 개통되었지만, 바로 다음해인 1906년 경성과 신의주를 잇는 경의선이 개통된다. 부산에서 승차했을 경우 경성을 거쳐 신의주까지 갈 수 있었다. 신의주에서 탔을 경우 역시 마찬가지였다.

그런데 노선이 거기서 멈춘 것도 아니었다. 1911년 10월 압록강철교가 개통되었으며, 다음 달인 11월에는 중국 '안둥(安東)'에서 '펑톈'을 연결하는 철도가 개통이 되었다. 부산에서 기차를 타면 경성, 신의주를 거쳐 중국의 펑톈까지 이르게 된 것이다. 출발역도 부산이 아니었다. 도쿄(東京)에서 출발한 기차가 도카이도선(東海道線), 산요선(山陽線) 등의 노선을 통해 시모노세키(下關)에 도착했으며, 시모노세키와 부산 사이는 관부연락선이 철도를 대신했다.

도쿄는 촘촘히 이어진 일본의 철도망 전체가 집중되는 곳이었다. 이를 고려하면 도쿄, 시모노세키, 부산으로 연결되는 철도는 일본이 조선을 거쳐 대륙으로 진출하기 위한 노선의 성격을 지니고 있었다. 경성역은 도쿄에서 출발해 부산을 거쳐 안둥, 펑톈 등 대륙으로 진출하려는 제국 일본의 교두보 역할을 했던 것이었다. 경성역은 웅장하고 세련된 위용을 통해 '문명'과 '모던'을 상징했지만, 쉴 새 없이 오가는 열차를 통해 앞선 역할 역시 충실히 수행하고 있었다. 앞에서 '국제적인' 철도 교통의 시대를 준비한다는 말의 또 다른 의미는 이를 가리킨다.

경성역의 그릴, 티룸, 그리고 대합실 역시 앞선 음영

에서 자유로울 수는 없었다. 1930년대를 기준으로 하면 도쿄를 출발해 경성에 도착하는 데 3박 4일 정도 걸렸다. 또 경성을 출발해 안둥, 펑톈까지 가는 데는 2박 3일 정도 소요되었다. 5, 6일씩 계속되는 여행에서 필요한 것은 먼저 잠을 잘 수 있는 시설이었다. 당시 경성, 부산, 줁주, 신의주 등에 있었던 호텔이 '철도호텔'이라는 이름으로 불렸던 것 역시 이 때문이었다. 1914년에 경성에 건립된 '조선호텔' 역시 정확한 이름은 '조선철도호텔'이었다.

오랜 시간 이어지는 여행에서는 숙박뿐만 아니라 식사를 하거나 차를 마시는 공간도 필요했다. 승객들은 열차의 식당칸이나 우리코(賣子), 곧 판매원이 판매하는 도시락이나 음료를 이용하기도 했다. 하지만 특별급행이나 급행의 일등실이나 이등실을 이용하는 승객일수록 시간에 쫓겨 먹고 마시는 여행을 하지는 않았다. 물론 그릴, 티룸, 대합실, 그리고 숙소 등은 여행의 편리를 위한 것일 수도 있다. 하지만 그 노선이 도쿄에서 출발해 부산, 경성을 거쳐 대륙으로 진출하는 것이었음을 고려하면, '편리'가 글자그대로 편리만을 의미하지는 않았을 것이다.

경성역은 지금도 서울역 옆에 보존되어 '문화역 서울 284'로 쓰이고 있다. 서울역을 방문할 때 시간 여유가 있다면, 한편으로 근대 문명이라는 빛을 상징했고 다른 한편으로 식민지라는 어둠의 멍에를 메고 있었던 식민지 시대 경성역을 방문해 보는 것도 나쁘지 않을 것이다.

경성역 구경 좀 하여요

「2일 동안에 서울 구경 골고로 하는 법」,『별건곤』, 1929.9.

京城역-. 앗다, 그리 쫏겨 나가듯 급하게 나가지 말고 청거장 속을 구경 좀 하여요. (……) 커 넓은 층계로 2층으로 올너가야 밧그러 나가는 출구가 잇스니 천천이 올너가세. 자아 여긔가 2층이니 밧그로 나가려면 층계 하나를 도로 나려가야 할 것 갓지만 2층에서 그냥 땅으로 나스게 되엿스니 결국 여긔가 1층이오 2층은 이 우에 또 잇고 앗가 기차가 와서 다은 곳은 지하층이지. (……) 그 지하층에 식당과 사무실이 잇고 또 화양(和洋)요리컴이 잇고 창고가 잇고, 그리고 1층에는 대합실, 귀빈실, 무료변소, 유료변소가 잇고, 2층 우에는 사무실과 대소식당이 또 잇서서 케일 빗싼 서양요리를 주머니 큰 손님에만 대첩한다네. '유료변소란 무언가?' (……) 안이할 말로 첩치가하듯 깻끗이 꾸민 변소인대 돈 3전만 내면 드러가 눈다네.

    이 장에서는 경성의 관문 역할을 했던 경성역에 대
해 소개했다. '경성의 관문'이라는 데서 드러나듯이 경성
역은 경성을 오가는 사람들이 들고나는 출입구 역할을 했
다. 지금 서울역은 주로 남쪽 지역과 연결이 되지만, 당시
경성역은 남쪽뿐만 아니라 북쪽 지역과도 연결이 되어 명
실공히 조선 철도의 중심에 위치하고 있었다. 한편 웅장하
고 세련된 외관과 최신식 첨단 시설을 갖추었던 경성역은
경성을 오가는 사람들뿐 아니라 경성에 사는 사람들에게
도 근대 문명의 상징으로 다가갔다. 여기서는 지방에서 경

성을 방문한 사람들에게 경성역 구경하는 법을 소개한 글 한 편을 살펴보려 한다.

1929년 9월 잡지 『별건곤』에 실린 「2일 동안에 서울 구경 골고로 하는 법」은 경성역이 개장한 지 4년 지나 발표된 글이다. 개장한 지 얼마 되지 않았으니 경성역에 못 가본 사람들도 많았고, 특히 시골 사람들

경성역 발착장에서 1층으로 올라가는 사람들의 모습. 출처는 안석영, 「청충홍충」, 『조선일보』, 1929.6.27.

에게는 생소한 곳이었을 것이다.

그래서 그랬는지 글은 지방에서 경성에 오면 서둘러 나가지 말고 경성역 구경부터 하라는 말로 시작한다. 열차에서 내리면 한 층을 올라가야 밖으로 나갈 수 있다며, 발착장이 지하에 있는 것부터 신기하다는 것이다.

삽화는 안석영이 그린 경성역 발착장에서 1층으로 올라가는 사람들의 모습이다. 또 발착장이 있는 지하층에는 화양(和洋)요리점과 함께 사무실과 창고가 있다고 했는데, 화양요리점이 영업하고 있었다는 점에서 경성역을 주로 이용했던 사람들에 대한 접근 역시 가능하다.

1층에는 대합실, 귀빈대합실과 함께 무료와 우료변소가 있다는 것을 강조해 뒀다. 유료변소에 의아해하는 사람

들이 있을까 해서 아래에는 상세한 설명도 덧붙였다. 3전을 내고 깨끗한 변소를 이용하는 것인데, 깨끗하기가 첩의 집 같다는 표현도 흥미롭다. 3전은 지금으로 따지면 1,000원 가까운 돈이니, 시골 사람들 입이 떡 벌어질 만했다.

2층에는 대형식당과 함께 사무실이 있다고 했다. 여기서 대형식당은 앞서 살펴본 서양요리점 '그릴(Grill)'이었다. 인용에도 제일 비싼 서양요리를 주머니 큰 손님에게만 대접한다고 해 고급 서양요리점이었음을 강조하고 있다.

경성역을 소개한 이 글을 보면 시골에서 경성을 방문한 사람들에게는 남대문, 창경원, 우미관 등도 구경거리였겠지만 오히려 정말 볼거리는 경성역이었을지도 모르겠다는 생각이 든다. 그곳이 식민지 수도를 상징하고 있다는 어두운 면과 함께.

2장

종로 최고의 활동사진관,
우미관

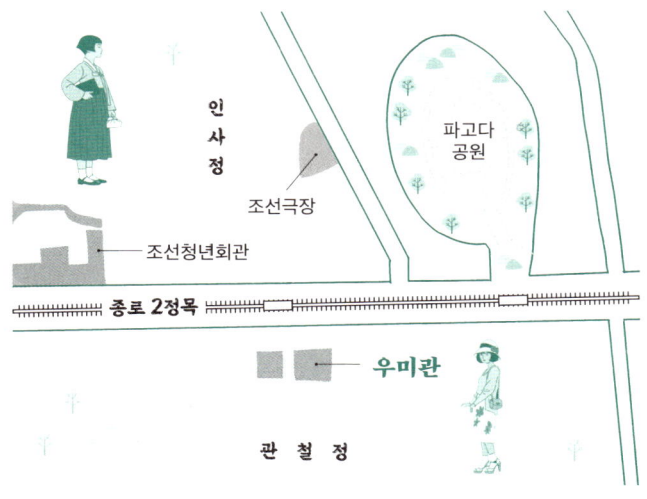

인사정

파고다
공원

조선극장

조선청년회관

종로 2정목

우미관

관 철 정

우미관이 위치했던 곳은 당시 주소로 종로 관철정 89번지였다. 지금도 있는 YMCA 건물, 곧 중앙기독교청년회관 맞은편에서 종로 3가 쪽으로 조금 걸으면 모습을 드러냈다. 우미관이 처음 준공된 것은 1912년 12월이었다. 벽돌로 지어진 2층 건물이었는데, 수용인원이 1,000명이나 되는 대형 극장이었다. 서양의 활동사진을 상영하는 '양화관(洋畵館)'을 추구했지만, 중간중간 일본의 구극 역시 같이 상영했다. 우미관은 단성사, 조선극장과 더불어 식민지 시대 경성의 3대 극장으로 일컬어지며 관객들의 사랑을 받았다. 지금 우미관이 있던 곳에 가면 건물은 사라졌지만 '우미관 터'라는 표석을 찾을 수 있다.

도망가고 쫓아가는 것을 구경하는 곳

이태준의 작품 가운데 『사상의 월야』라는 소설이 있다. 이 태준은 1930년대 중, 후반에 신문을 통해 다수의 장편소설을 발표했으며 '구인회(九人會)'의 좌장 역할을 맡기도 했던 인물이다. 특히 이상, 박태원, 김기림 등과 막역했다. 이상의 「오감도」나 박태원의 「소설가 구보 씨의 일일」 등이 빛을 보게 된 것도 그 덕분이었다. 당시 이태준은 『조선중앙일보』의 학예부장으로 일했는데, 사직서를 넣고 다니면서까지 그 작품들을 연재했다고 한다.

『사상의 월야』는 1941년 3월부터 7월까지 『매일신보』에 연재된 소설로, 작가의 경험에 기반을 둔 자전소설이기도 하다. 『사상의 월야』에서 작가를 투영한 인물인 송빈은 어려서 부모를 잃고 이리저리 떠돌아다니며 갖은 고생을 겪는다. 그러던 중 경성에 와서 생활하다가 연설회장에서 우연히 어렸을 적 알던 윤수 아저씨를 만난다. 작가의 모델인 송빈이 16, 17세 때의 일이니 1920년 즈음이었다.

송빈은 윤수 아저씨 집에 놀러가는데, 조카인 은주를 보고 호감을 느낀다. 아주머니도 송빈을 보고 처량함을 느꼈는지, 윤수 아저씨와 은주에게 경성 구경이라도 시켜주라고 한다. 송빈은 경성 구경이라는 말에 윤수 아저씨와 은주를 따라나서는데, 세 사람이 향한 곳은 어디였을까?

▷ 한 두 시간 뒤에 불이 켜컸다. 기다리기나 한 것처럼 "우유 잡쇼. 라무네요." 소리가 일어낫다. 윤수 아저씨는 라무네를 세 병 사고 화투짝만큼식한 과자를 사더니 먹자고 하면서 송빈이더러 "어떠니?" 물엇다. "뛰구 쪼차가구 하는 건 알겟는데 왜 그리는건진 모르겟어요⋯⋯." 하니까 은주가 날름 "어쩜 그러케 재미잇는 걸." 하고 "바보!" 라는 듯이나 말둥히 본다.

인용문을 보면 그곳에서는 두 시간 뒤에 불이 켜지니 기다린 것처럼 "우유 잡쇼. 라무네요."라는 소리가 들려왔다고 했다. 그러자 윤수 아저씨는 라무네를 세 병 사고 화투짝만한 과자를 사서 먹자고 했다는 것이다. 여기서 라무네(ラムネ)는 '레몬에이드'의 일본식 표기로, 조선에 처음 선보인 탄산음료 정도로 이해하면 된다.

이어지는 부분에서 윤수 아저씨가 어땠냐고 묻자 '나'는 뛰고 쫓아가는 것은 알겠는데 왜 그렇게 하는지는 모르겠다고 한다. 그러자 은주는 이렇게 재미있는데 그걸 이해

우미관에서 함께 활동사진을 보는 송빈과 은주.
출처는 『매일신보』, 1941.5.3.

하지 못하느냐는 듯이 쳐다본다. 송빈에게는 한심하다는 은
주의 눈초리가 상처로 다가왔을지도 모르겠다. 삽화는 『사
상의 월야』가 『매일신보』에 연재될 때 함께 실린 것이다.

　그런데 여기서 어느 정도 시간이 지나니 불이 켜지고
우유와 라무네를 파는 곳, 또 뛰고 쫓아가는 것을 구경하
는 곳, 그곳은 어디였을까? 그곳은 바로 이 장에서 소개할
'우미관(優美館)'이었다. 우미관은 단성사, 조선극장과 함께
식민지 시대 경성, 나아가 조선을 대표하는 극장이었다.

종로의 랜드마크

우미관은 박태원의 소설인 『천변풍경』에도 등장한다. 박태원에 대해서는 1장에서 경성역을 다루면서 이런저런 얘기를 했는데, 어쩌면 요즘 박태원을 소개할 때 가장 임팩트 있는 사람은 영화 『기생충』의 감독 봉준호일지도 모르겠다. 봉준호의 외조부가 박태원이니.

『천변풍경』은 1936년 8월부터 다음해 9월까지 잡지 『조광』에 연재된 소설로, 「소설가 구보 씨의 일일」과 함께 작가의 대표작이기도 하다. 『천변풍경』은 청계천을 공간적 배경으로, 또 이른 봄부터 다음 겨울까지를 시간적 축으로 해, 그곳에 자리 잡은 사람들의 다채로운 일상을 그리고 있다.

『천변풍경』에서 우미관은 창수가 재봉이와 빙수가게 아이에게 활동사진 본 것을 자랑하면서 등장한다.

　　▷ "참, 나, 어젯밤에 야시에 나갔다가 그길루 우미관엘

들어갔지. 야, 아주 신나더라. 후도 깁손이 악한들을 막
집어치는데…… 어떻든 활극은 지일이야 지일."

창수는 종로 야시에 나갔다가 우미관에 가서 활동사
진을 구경했다고 한다. 야시는 밤에 개장하는 시장을 뜻
하는데, 종로 야시는 1926년 6월부터 모습을 드러냈다. 처
음에는 주로 여름과 가을에 저녁 7시부터 밤 10시까지 열
렸다. 그런데 야시를 찾는 사람들이 많아지자 이후 계절에
상관없이 밤마다 야시가 열리게 되었고, 다양한 상품이 거
래되는 명물이 되어 특히 조선인들에게 인기가 있었다.

다시 『천변풍경』으로 돌아가 보면, 앞서 『사상의 월
야』에서 송빈도 뛰고 쫓아가는 것을 보았다고 했는데, 창
수도 주인공이 악당들을
물리치는 활극을 구경했
다고 한다. 두 소설을 고
려하면, 우미관에서 상영
하던 활동사진 가운데 활
극이 가장 인기가 있었음
을 알 수 있다.

『천변풍경』에는 우
미관 옆에 위치한 근화
식당이라는 곳도 등장한
다. 46절에서 시골에 살

단행본으로 발행된 『천변풍경』. 출처는
한국근대문학관.

던 금순이 시아버지가 근화식당의 주인을 만나기 위해 상경하기 때문이다. 금순이 시아버지는 경성의 지리를 잘 몰랐던지 우동가게 주인에게 근화식당이 어딘지 묻는다. 그러자 마침 창수와 함께 우동을 먹고 있던 재봉이가 근화식당 위치를 설명하는데 우미관을 중심으로 얘기하고 있어 흥미롭다.

> ▽ "근화식당요? 그럼 바루 우미관 옆이로군요."
> "우미관?"
> "우미관 말이에요, 우미관…… 왜 활동사진 놀리는……"
> "거길 내가 알 수 잇나?"
> "하여튼 종로네거리루 나가서 동쪽으로 쭉 내려가며,
> 우미관이 어디냐구만 물으시면 누구든지 아르켜드릴 게니
> 우미관 앞에까지 가서는 이번엔 또 근화식당이 어디냐구
> 물으시란 말이에요. 뭐, 찾기 쉽죠."

재봉이가 근화식당이 우미관 옆에 있다고 하니까 시골에서 온 금순이 시아버지는 우미관도 모른다고 한다. 그러자 종로네거리에서 동쪽으로 내려가다가 우미관이 어디냐고 물으면 누구라도 가르쳐 줄 거라고 했다. 재봉이의 말처럼 우미관은 종로네거리에서 종로 3가 쪽으로 가다 보면 오른쪽에 2층 건물로 우뚝 솟아 있었다. 단층의 조선식 집이 대부분이었던 종로에 2층으로 솟아 있었다는 것

도 그랬지만, 그 규모가 1,000명을 수용할 수 있을 만큼 컸다는 데서 눈에 쉽게 띄었다. 『천변풍경』을 보면 1930년대에 종로를 거니는 사람들은 누구라도 우미관을 알고 있어 길을 찾는 데 랜드마크(landmark)로 사용될 정도였음을 알 수 있다.

한편 『천변풍경』을 읽은 독자들에게 근화식당 하면 가장 먼저 점룡이가 떠오를지도 모르겠다. 점룡이는 마음에 품었던 이쁜이가 전매국 직공과 혼인을 하게 되자 속으로만 슬픔을 삭히던 인물이다. 이쁜이의 혼인은 19년 동안 애지중지 키우던 홀어머니를 떠나는 게 되어서 점룡이뿐만 아니라 독자들에게도 안타까움으로 다가온다.

그런데 내 딸을 귀애해 달라는 가난한 장모의 애타는 바람에도 이쁜이 남편은 근화식당에서 일하는 여급 시즈꼬와 바람을 피운다. 그 사실을 알게 된 점룡이는 우연히 마주친 이쁜이 남편을 식당 바닥에다 으스러지게 메다꽂고 사정없이 때려준다. 점룡이의 주먹에는 삭히지 못한 '미련'의 몫까지 들어있었을 것이다.

그런데 이쁜이 남편이 바람을 피우던 여급 시즈꼬를 묘사하는 부분에서도 우미관은 모습을 드러낸다.

▽ 그러나 정작 시즈꼬는 그편을 한 번 흘낏, 그것도 모멸 가득한 눈으로 보고, 역시 바로 한 이웃인 우미관에서 활동사진으로라도 보아 배웠던 게지, 양녀들이 흔히 그러한

경우에 하듯, 어깨를 한 번 으쓱하는 것이 아니냐?

이쁜이 남편이 다른 손님을 맞던 시즈꼬에게 아는 척하자, 시즈꼬는 모멸에 찬 눈으로 흘낏 보더니 서양 여자들처럼 어깨를 한 번 으쓱한다. 사실 시즈꼬가 이쁜이 남편에게 모멸적인 태도를 보였던 것은 자신을 두고 또 다른 여자를 집적거렸기 대문이었다. 그런데 작가는 시즈꼬의 행동이 우미관에서 본 활동사진에서 배웠을 것이라고 한다.

앞서 1930년대가 되면 우미관이 종로의 랜드마크 역할을 할 정도로 널리 알려져 있었음을 확인했다. 우미관이 활동사진으로 유명세를 타면서 많은 사람들을 모여들자, 그 주위에 식당, 술집, 가게, 전당포 등도 덩달아 들어서게 되었다. 이무영의 소설 「두 훈시(訓示)」의 중심인물인 상철은 가난 때문에 겨우 생계를 이어가는 인물이다. 그날도 끼니를 해결하기 위해 책을 팔려했지만, 책방 주인은 낡아서 떨어진 책을 사는 대신 5전을 던져주었다.

구걸하다시피 5전을 구한 상철은 우동과 호떡 중 어느 것을 먹을지 갈등을 한다. 상철은 결국 호떡을 먹는데, 그 주된 이유가 우동집에 가려면 우미관 앞에까지 가야했기 때문이었다. 「두 훈시」를 보면 당시까지 경성에 우동집이 흔하지는 않았음을 알 수 있는데, 그런데 이는 우미관 앞이 우동집 등 다양한 식당이 자리한 변화가였음도 말해준다.

한편 박태원의 또 다른 소설 『여인성장』을 브면 철수가 우미관 뒷골목에 있는 전당포에 양복를 잡히러 가는 장면도 등장한다.

▷ 예컨 가트면 이만한 양복은 오십 원 말고 육십 원까지라도 드릴 수 잇섯지만 이젠 아무리 조흔 양복을 가지고 오시더라도 고작 삼십오 원 이상에는 잡을 수가 업스니까요 규청이 똑 그러케 되어 잇스니까요.

아버지의 병환 때문에 기생일을 하는 순욕의 가족을 도울 돈을 마련하기 위해서 양복을 잡히려는데, 이미 집 앞의 전당포에 들렀지만 생각했던 50원을 받을 수 없자 우미관 근처까지 들고 온 것이었다. 우미관 근처면 돈을 조금이라도 더 받을 수 있으리라 생각했다는 것이니, 이 역시 우미관이 번화한 곳이라서 전당 시세 역시 좋았음을 말해준다.

여러 편의 활동사진을 봤던

우미관을 비롯한 단성사, 조선극장 등 당시 활동사진관에서는 지금처럼 활동사진 한 편을 상영한 것은 아니었다. 앞서 살펴본 『사상의 월야』 작가 이태준은 1934년 5월부터 다음해 3월까지 『조선중앙일보』에 『불멸의 함성』이라는 소설 역시 발표했다. 『불멸의 함성』은 두영을 중심에 둔 원옥과 현옥 자매, 또 정길 등의 애정과 민족주의적인 지향을 그린 소설이다.

그런데 『불멸의 함성』에도 활동사진을 보는 장면이 등장한다. 소설에서는 두영, 원옥, 형옥, 희설 등 네 명이 활동사진을 보러 가는 것으로 그려진다. 네 사람은 2층 좌석표를 사서 활동사진관에 들어가는데, 아직 시작되지 않아서 그랬는지 2층에는 자리가 많이 비어 있었다고 했다.

여기서 2층 좌석표를 사서 갔다는 것에 주목할 필요가 있다. 하숙생들과 하숙집 딸들이 간 것이니, 1층보다 싸서 2층 좌석표를 끊었다고 생각할지 모르지만 실제로는

일본인들이 주로 찾았던 활동사진관 명치좌. 출처는 『사진엽서로 보는 근대풍경 1』(부산박물관 엮음, 민속원, 2009), 332쪽.

그와 반대였다.

당시 좌석에 따른 가격을 파악하는 데 도움을 주는 소설로는 채만식의 『태평천하』가 있다. 『태평천하』에는 윤직원이 춘심이와 함께 부민관에 명창대회를 보러 가는 장면이 등장한다. '명창대회'는 기생이나 명창들이 모여 벌였던 국악 공연이나 경연을 뜻했다. 1930년대에 들어서면 전조선 명창대회라는 이름을 걸고 많은 대회가 열렸는데, 실제 주최측과 참가자가 다른 각각의 행사로 그럴싸한 이름을 붙인 것이었다.

윤직원은 50전을 내고 하등표를 사서 1층 맨 앞줄에 가서 앉는다. 그랬더니 일하는 직원이 하등표를 사서 1층에 앉은 걸 보고는 하등표는 위층이라며 2층으로 가라고 했다. 또 그 자리에서 보고 싶으면 1원을 더 내라고도 한다. 하등표 50전, 상등표 1원 50전으로, 1원 차이가 났음을 알 수 있다. 그 말을 들은 윤직원은 활동사진관은 1층이 싸고 2층이 비싼데, 왜 여기만 거꾸로인지 불만을 토로한다.

이를 통해 당시 활동사진을 보는 극장은 2층이 비쌌고, 1층이 쌌음을 알 수 있다. 아마 큰 스크린을 한눈에 보는 것이 2층이 더 편했기 때문으로 보인다. 요즘 영화 티켓을 예매하려면 가장 관람하기 좋은 좌석이 표시되고 가격도 더 비싼 것과 마찬가지 이유일 것이다. 그런데 『태평천하』에서 윤직원은 결국 하등표 좌석인 2층으로 갔을까? 이미 그런 억지에는 이력이 난 윤직원이기에, 그날도 우기고 우겨서 기생들의 자태와 명창을 잘 보고 들을 수 있는 1층 맨 앞줄에 앉는 데 성공한다.

다시 『불멸의 함성』으로 돌아가 보자. 네 사람이 자리를 잡은 후 두영과 원옥은 다음과 같은 대화를 나눈다.

▷ "그런데 여기서도 서양사진도 합니다 그려."
"그럼요. 서양사진 보자고 오죠…… 이 로이드가 나오는 사진이 여간 우습구 재미잇지 안어요. (……) 이 로이드는요 이 그림처럼 굵다란 대모테안경을 쓰고 나오는데 어찌 못나니노릇을 잘하는지 여간 우습지 안어요. 인케 보세요."

두영이 여기서도 서양사진을 한다고 하자 원옥은 서

우미관 직원이 사람들을 끌기 위해 거리를 행진하며 광고하는 모습. 출처는 「뜰뜰이」,『동아일보』, 1936.3.11.

양사진을 하니까 왔다고 대답한다. 또 인용문에는 없지만 구극도 하지만 가끔 좋은 서양사진도 상영한다고 덧붙여져 있다. 또 원옥은 그날 서양사진에는 로이드가 나오는데 여간 우습지 않다는 말도 한다. 여기서 로이드는 무성영화 시대 유명한 코미디 배우 '해럴드 로이드(Harold Lloyd)'를 가리킨다. '찰리 채플린(Charlie Chaplin)'과 비슷한 시기에 활동을 했으며, 항상 굵은 대모테안경을 쓰고 활동했다.

두영과 원옥의 대화는 당시 젊은층에서는 서양에서 온 활동사진을 선호했음을 말해준다. 두영과 원옥이 대화를 나누는데 무대에서 종이 '따르릉' 울리고 불이 꺼졌다. 1층에서 손뼉 치는 소리가 요란히 울리는 것과 함께 활동사진 상영이 시작된다. 처음 상영된 활동사진은 격시 로이드가 나오는 코미디였다. 네 사람 모두 웃으며 활동사진을 보는데 원옥이 어둠을 빌려 두영의 손을 잡는다. 얼떨결에 손을 잡힌 두영도 원옥의 손을 놓지 않으려 한다. 그리고 그때의 기분을 아래와 같이 얘기한다.

> ▽ 원옥의 살과 체온이 주는 그 최초의 촉감 그것은 마치
> 너머 맛난 음식이 혀의 미각을 어지럽힌 듯이 두영의
> 신경은 다만 황홀뿐이엇다.

요즘도 연인들이 만나면 영화를 보는 경우가 많은데, 100년 전 식민지 조선에서도 영화를 보면서 손을 잡는 게 드물지 않았나 보다. 첫 번째로 상영한 로이드가 등장한 코미디 활동사진이 끝나자 극장에 불이 켜진다.

5분 정도 쉬었다가 일본 구극을 상영한다고 하니까 형옥과 희설은 주뼛주뼛 일어서서 먼저 집으로 가겠다고 한다. 일본 구극이 서양사진보다 재미없을 것 같아서였겠지만 두영과 원옥에게 둘만 있을 시간을 주려고 그랬던 것 같기도 하다. 그런데 원옥의 동생 형옥은 언니 못지않게 두영을 좋아하고 있었으니 억지로 가는 마음이 가볍지만은 않았을 것이다.

막상 두 사람만 남게 되자 일본 구극이 시작될 때까지 말없이 어색한 시간이 흐른다. 하지만 두영과 원옥도 더 조용한 곳에 가길 원했는지 일본 구극이 상영되는 중간에

극장을 나서게 된다. 이미 10시 가까운 늦은 시간이었지만 두 사람은 본정길을 거쳐 남산으로 올라가 대화를 나눈다.

『불멸의 함성』을 통해 당시 활동사진관에서는 하루에 한 편이 아니라 여러 편의 활동사진이 상영되었음을 알 수 있다. 일반적으로 서양사진 한 편에 다른 활동사진 4, 5편을 함께 상영했는데, 관객들이 서양사진을 선호했음도 나타난다. 그리고 관객들의 경우 활동사진 모두를 보는 경우도 있었지만, 자신이 보고 싶은 것만 보고 중간에 나오는 경우도 드물지 않았다.

우미관은 활동사진을 주로 상영했지만, 가끔 다른 공연도 올리는 경우가 있었다. 1921년 3월에는 고학생들을 돕기 위한 연주회를 열었고, 1927년 10월에는 당시 최고의 여류무용가 '최승희'의 무용공연을 열었다. 또 1928년 12월에는 신극 단체였던 '토월회'의 송년특별공연도 개최되었는데, 석금성, 복혜숙 등이 출연했다고 한다.

이태준의 소설인 『사상의 월야』와 『불멸의 함성』에는 모두 활동사진을 보는 장면이 등장하며, 활동사진을 보면서 느낀 감동 역시 생생하게 전달하고 있다. 특히 『사상의 월야』는 작가의 자전소설임을 고려하면, 실제 활동사진을 처음 접했을 때 이태준이 느꼈던 경이로움에 대해서도 엿볼 수 있다. 그 경험이 이후 작가를 우미관, 단성사 등에서 활동사진 즐겨 보는 것으로 이끌었을지도 모르겠다.

김두한의 활동 무대

우미관이 유명세를 타는 데 가장 크게 기여한 인물은 김두한이었다. 홍성유는 1984년 5월부터 1988년 12월까지 『조선일보』에 김두한을 모델로 한 소설 『인생극장』을 연재했다. 『인생극장』이라고 하면 모르는 독자가 많겠지만 『장군의 아들』 하면 고개를 끄덕일지도 모르겠다. 『인생극장』이 독자들에게 폭발적인 인기를 얻자 이후 제목을 『장군의 아들』로 바꾼 것이다.

『장군의 아들』이 영화로 만들어지고 『야인시대』라는 드라마도 방영되어, 김두한은 모르는 사람이 거의 없을 정도로 유명해졌다. 『인생극장』은 한낱 깡패에 불과하던 김두한이 어떻게 조선인의 고난과 저항을 대변하는 존재로 성장하는가를 다루고 있다. 하지만 대부분의 신화가 그렇듯이, 김두한의 신화가 만들어지는 과정에도 과장과 미화가 적지 않게 섞이게 된다.

우미관이 김두한과 더불어 유명세를 타게 된 이유는

『인생극장』에 실린 우미관. 활동사진 상영이 끝나 사람들이 몰려나오는 모습. 출처는 『조선일보』, 1984.9.19.

1930년대 김두한 무리가 주로 활동했던 무대가 우미관이 었기 때문이다. 당시 우미관의 운영자는 일본인이었는데, 워낙 법보다는 주먹이 앞선 시대이니 운영자의 입장에서 는 극장의 크고 작은 일을 해결하기 위해 주걱을 필요로 했다. 김두한 이전에는 권투 선수 출신 김기환에 이어 일 본 공연단에서 칼솜씨를 뽐내던 미토리오가 그 역할을 맡 았다. 그런데 미토리오는 칼솜씨는 얼마나 뛰어났는지 모 르겠지만 함부로 폭력을 휘둘러 운영자 입장에서는 골칫 거리였다.

　그때 운영자의 아픈 머리를 해결해 준 게 김두한이었 다. 18세에 불과했던 김두한은 미토리오에게 대결을 신청

해 주먹 한 방으로 날려 버린다. 이어 당시 종로를 장악하고 있던 구마적, 신마적 등을 차례로 꺾고 우미관뿐만 아니라 종로 전체를 장악하게 된다. 김두한은 싸울 때 주먹이나 발차기 한 번으로 상대를 제압했기 때문에 '한 방'이라는 뜻의 일본어 '잇뽄(一本)'이라는 별명을 얻게 된다. 이러한 과정을 통해 김두한은 종로, 나아가 경성을 제패하는 주먹이 되는데, 그 기반에는 우미관이 자리하고 있었다.

다시 소설 『인생극장』으로 돌아가 김두한과 우미관에 대해 살펴보자.

▷ 새벽어둠이 채 벗겨지지 않은 이른 아침, 김두한을
비롯한 김동회 등 대여섯의 거한들이 새벽운동을 위해
어슬렁거리는 야수의 무리처럼 떼 지어 삼청공원을 향해
올라갔다.

인용은 김두한 무리가 어둠이 채 가시지 않은 새벽마다 짐승 무리처럼 삼청공원에서 운동을 했다고 한다. 좋게 표현하면 싸움꾼, 정확히는 깡패들도 새벽마다 꾸준히 운동을 했다는 점이 흥미롭다. 권모와 술수가 난무하는 요즘보다 오히려 낭만적이었는지도 모르겠다. 김두한 무리는 새벽 운동이 끝나면 아침을 먹었는데, 소설에는 다음과 같이 나타나 있다.

▽ 돌아오는 길에 일행은 함께 이문식당에서 설렁탕으로 아침 식사를 들었다. 똑같이 식당에서 나온 이들은 앞서거니 뒤서거니 하며 역시 함께 우미관 골목 앞까지 당도했다.

김두한 무리는 삼청공원에서 운동을 마치면 '이문식당'에 들러 설렁탕으로 아침을 먹었다고 한다. 이문식당은 지금도 종로에서 영업을 하고 있는 이문설렁탕을 가리킨다. 원래 이문옥이라는 이름으로 문을 열어, 이문식당, 이문설렁탕 등으로 이름을 바꿔가며 현재에 이르고 있다.

새벽 운동을 마치고 설렁탕을 먹었다고 하니, 아침을 이문식당에서 해결하는 것이 일반적이었던 듯하다. 삽화는 『인생극장』이 『조선일보』에 연재될 때 같이 실린 것으로, 김두한 무리가 이문식당에서 설렁탕을 먹는 모습이다. 큰 덩치의 김두한의 모습과 함께 길게 놓인 식탁과 의자가 눈에 띈다.

김두한 무리는 아침을 먹고 나면 앞서거니 뒤서거니 그들의 활동무대인 우미관으로 향했다고 되어 있다. 그런데 김

이문식당에서 설렁탕을 먹는 김두한 무리.
출처는 『조선일보』, 1988.3.24.

두한의 무리가 이문식당에서만 아침 요기를 한 것은 아니었다.

> ▷ 약수터에서 내려오면 으레 화신백화점 뒤의 이문식당이나 청진동 골목의 해장국집에서 아침을 들었다. 지금도 화신백화점 뒤에는 대를 물린 이문설렁탕 집이 남아 있고, 청진동 골목에도 여러 해장국집이 있어 아예 청진동 해장국 골목이라 부르고 있다.

이문식당 외에 청진동 골목에 있는 해장국집에서 아침을 먹는 경우도 있었다고 하는데 청진동 해장국집은 '청진옥'을 가리키는 것으로 보인다. 청진옥 역시 1930년대 중반 정도에 개업을 했으니, 김두한의 무리가 즐겨 들르는 집 가운데 하나였을 것이다.

김두한과 더불어 언급될 때 우미관은 김두한 무리의 거점이나 기반으로 파악되는데, 앞서 확인했듯이 크게 틀린 사실도 아니다. 그런데 당시 종로, 나아가 경성의 주먹이라고 했던 김두한이 우미관의 대소사를 책임졌다는 사실은 거꾸로 1930년대 우미관의 위상이 얼마나 대단했는지 말해준다. 우미관은 식민지 시대 조선인들을 대상으로 한 유흥공간으로는 한두 손가락 안에 꼽히는 공간이었다는 것이다.

경성의 3대 극장, 우미관

우미관이 처음 모습을 드러낸 것은 1912년 12월이었다. 벽돌로 지어진 2층 건물이었는데, 수용인원 1,000명이라는 규모를 자랑했다. 개장 당시 운영자는 일본인 하야시다 긴타로(林田金次郞)였다. 개관한 지 1년 정도 지난 1913년 12월부터 '참신기이(斬新奇異)한 사진'을 공급한다는 광고를 대대적으로 하며 활동사진관으로 자리를 잡았다.

서양사진을 상영하는 '양화관(洋畫館)'을 지향했지만, 중간중간 일본의 구극 역시 같이 상영했다. 뒤쪽에 있는 이미지는 1912년 12월 개관 당시 우미관의 사진이다. 당시 주소는 종로 관철정 89번지로, 중앙기독교청년회관 맞은편이었다. 지금 그곳에 가면 건물은 사라졌지만 '우미관 터'라는 표석을 찾을 수 있다. 우미관은 단성사, 조선극장과 더불어 식민지 시대 경성의 3대 극장으로 일컬어지는데, 1910년대까지는 단성사나 조선극장보다 더 인기가 있었다.

1910년대 중반까지는 5~10분 정도 길이의 실사물,

『대경성도시대관』에 실린 우미관의 외관.
출처는 서울역사박물관 소장.

희극과 함께 서양의 정극, 인정극, 활극 등 단편무성영화를 10~15편 정도 함께 상영했다. 10편이 넘는 활동사진이 함께 상영되었다면, 관객의 입장에서는 활동사진의 줄거리보다는 진귀한 영상 자체를 구경했을 것으로 보인다.

한 편의 상영 시간이 길어지면서 같이 상영되는 활동사진의 숫자가 줄어든 것은 1910년대 중반 미국 '유니버설 스튜디오(Universal Studios)'와 계약을 맺고 영화를 독점하면서부터였다. 유럽 쪽의 활동사진을 주로 상영하다가 미국에서 제작한 영화가 인기를 얻었던 것도 같은 시기였다. 당시 크게 인기를 얻었던 활동사진으로는 『명금』, 『카추샤』, 『몬테크리스토 백작』, 『춘희』 등이 있었다.

『명금』은 프란시스 포드(Francos Ford) 감독의 『The Broken Coin』을 일본에서 '名金'이라는 제목으로 바꿔 붙인 것이었다. 『명금』은 연속영화(serial)의 형식으로 되어 있었는데, 연속영화는 20분 분량의 에피소드 15편 정도로 구성된 영화였다. 『카추샤』는 톨스토이(Lev Nikolayevich Tolstoy) 원작의 『부활』을, 『몬테크리스토 백작』은 알렉산

더 뒤마(Alexandre Dumas) 원작의 『Le Comte de Monte-Cristo』를 영화화한 것이었다. 『춘희』는 역시 알렉산더 뒤마 원작의 『La Dame aux camélias』를 일본에서 '椿姬(つばきひめ)'로 번역한 것이었다. 레이 스몰우즈(Ray C. Smallwood)가 감독을, 전설적인 미남 스타 루돌프 발렌티노(Rudolph Valentino)가 주연을 담당해 엄청난 인기를 얻었다.

이들 활동사진을 상영하면서부터, 대개 본편 필름에다 4, 5편의 단편을 함께 묶어 상영을 하게 된다. 이미 당시 관객들은 단순히 풍경이나 문물을 보여주는 활동사진에 대해서는 더 이상 관심을 가지지 않았다. '인정풍물(人情風物)'이라는 표현이 말해주듯이 서양인의 감정과 새로운 문물뿐만 아니라 그것을 통해 드러나는 서양인의 감정에 흥미를 지니게 된 것이었다. 당시 우미관이 광고에 '태서인정활극(泰西人情活劇)'이라는 표현을 자주 사용한 것 역시 같은 이유에서였다.

1910년대까지는 음성이 없는 사진이 주류여서 활동사진을 상영할 때는 '변사(辯士)'가 꼭 필요했다. 변사는 음성이 없는 영화 시대에 활동사진의 진행과 등장인물들의 대사 등을 관객들에게 설명해 주던 사람이었다. 당시 활동사진과 함께 변사의 인기 역시 대단해서 대표적인 변사였던 서상호의 인기는 지금의 연예인 못지않았다.

이후 음성이 함께 나오는 발성영화가 등장했는데, 1926년 2월 '토키(talkie)'라는 발성영화가 처음 상영된 곳도 우미관이었다. 또 1930년대 후반부터 영화계 전반에서 조선 영화에 대한 관심이 높아졌다. 이전까지 조선영화는 주로 단성사에서 상영되었는데 크게 관심을 끈 작품은 드물었다. 그런데 1930년대 후반이 되자 조선영화를 보는 관객들의 숫자가 늘어나면서 우미관에서도 이서구 원작 『인생행로』, 함대훈 원작 『순정해협』 등을 상영해 큰 인기를 얻었다.

우미관의 라이벌이었던 단성사와 조선극장도 잠깐 살펴보고 넘어가자. '단성사(團成社)'는 1907년 종로 3가에 모습을 드러냈으며, 개장 당시에는 주로 각종 연희를 공연했다. 이후 1914년 서양식 외관과 일본식 내부 구조를 갖춘 1,000석 규모로 신축되었다. 이어 1918년에는 박승필이 단성사를 인수해 상설 영화관으로 자리를 잡게 된다. 박승필은 단성사의 운영을 통해 이전부터 해 오던 전통연희와 영화 분야에서 두각을 나타내 흥행의 중심에 위치하게 되었다.

조선극장은 1922년 10월 종로구 인사정에 영화상설관으로 개관했다. 1923년 당시 조선극장의 운영자였던 일본인 하야가와 고슈(早川孤丹)가 『춘향전』을 제작하면서 조선에서 영화 제작이 본격화되었다. 조선극장에서는 영화 상영만 했던 것이 아니라 신파극, 신극, 가무, 기예 등도 공연되었다. 특히 연극 공연에 적합한 무대를 갖추고 있어서 '토월회(土月會)'나 '극예술연구회(劇藝術研究會)' 공연이 자주 열리기도 했다. 조선극장은 1937년 일어난 대형 화재로 전관이 소실되고 말았다. 사실 우미관도 1924년 5월 영사실에서 일어난 화재로 극장을 전소시키고 이웃에까지 번지는 일을 겪었다. 하지만 우미관은 다시 그 자리에 극장을 지어 같은 해 12월에 신축 개관했다.

당시 신문 기사를 보면 극장의 크기로 하면 조선극장, 단성사, 우미관의 순서였다고 한다. 우미관에 이어 들어선 조선극장, 단성사 등이 덩치를 크게 해 본격적인 경쟁에 뛰어들었던 것으로 보인다. 실제 이후 세 극장의 경쟁은 치열했는데, 관객들 역시 활동사진의 화질이 나쁘거나 상영이 지연되면 항의가 빗발쳤다고 한다. 그런데 관객 숫자는 극장의 크기에 비례하지는 않았던 것 같다. 1932년을 참고하면 경성에 위치한 14개 극장에 총 관객 200여만 명이었다고 한다. 관객 숫자는 우미관, 동아구락부, 희락관 등의 순서였고, 종로만 놓고 따지면 우미관, 단성사, 조선극장의 순서였다.

1920년대와 1930년대 이후 이들 단성사, 조선극장과 경쟁을 벌이게 된 우미관은 오락과 재미에 더욱 치중하게 되었다. 우미관이 활동사진관으로 유명세를 타자 우미관은 경성역이나 남대문 등과 함께 경성의 명소가 되어, 경성을 방문했는데 우미관 구경을 안 했다면 거짓말이라고 할 정도였다. 유명세와 함께 우미관 주변에는 식당, 술집, 다방, 전당포 등이 우후죽순 들어섰다. 앞서 홅인한 『천변풍경』의 '근화식당'이나 『여인성장』의 '전당포'도 그들 중 하나였을 것이다.

우미관은 단성사, 조선극장과 더불어 식민지 시대 경성의 3대 극장으로 일컬어졌다. 2층으로 되어 1,000명이나 되는 관객을 수용할 수 있는 우미관이 처음 개장한 것은 1912년 12월이었다. 1910년대까지는 관객들의 호응이 엄청나, 단성사와 조선극장을 누를 정도였다. 당시 활동사진을 상영하는 방식이 지금과 달랐음도 확인했다. 1910년대 중반까지는 짧은 활동사진을 10편 넘게 함께 상영하다가 이후에는 본편에다가 4, 5편의 단편을 함께 묶어 상영했다. 여기서는 1920년대 중반을 기점으로 우미관을 비롯해 단성사, 조선극장 등 활동사진관이 어떻게 변화했는지를 다룬 글을 살펴보겠다.

「극장 만담」,「별건곤』 5호, 1927년 3월

근일에는 극장을 가보면 관객의 변천을 볼 수 잇다. 그것은 장내가 소란치 안은 것이다. 그리고 유년 관객이 켜어진 것이니 그것은 입장료가 고가이고 예컨과 다른 청도 눕혼 영화를 해독하기에 어려운 까닭이라 (……) 그리고 한 가지 특별히 변한 것은 희소하던 부인석에 남자석 이상으로 매일 만원인 것이다. (……) 극장 간판도 수년컨에 비하면 여간 발컨된 것이 아니다. 그러나 영화 컨편을 롱하야 케일 주요한 '씬'을 빼아늣코 (……) 그리는 때가 만다. 극장 내부를 말하면 근일에는 단청사의 영화막 상하좌우에 장치가 예컨대담은 색채라던지 구성이 좀 아담한 듯하다. 그리고 조선극장은 옛날과 그리 현격한 변화가 업지만은 그저 추하지 안타. 우미관도 그저 그러하다.

앞선 「극장 만담」은 당시에 변화된 활동사진관 풍경을 다루고 있다. 관객의 변화에 대해서는 먼저 활동사진관 내부가 시끄럽지 않게 되었다고 얘기한다. 또 입장료가 비싸지고 내용이 어려운 활동사진이 늘어남에 따라 유년 관객이 줄었다고도 했다. 그런데 유년 관객이 감소한 사실이 활동

우미관에서 함대훈 원작의 영화 『순정해협』을 상영한다는 광고. 출처는 『조선일보』, 1937.4.11.

사진관 내부의 소란이 줄어든 점과도 관련이 되는 것으로 보인다.

이전에는 자리를 채우지 못했던 부인석이 항상 남자석 이상으로 만원인 점에 대해서도 언급한다. 언급은 먼저 여성 관객이 급격히 증가했음을 말해 주는데, 거기서 알 수 있는 또 하나의 사실은 1920년대 후반까지 부인석과 남자석이 따로 있었다는 것이다.

극장 간판도 눈에 띄게 발전했지만 여전히 활동사진 전체에서 가장 중요한 장면을 빼고 그리는 경우가 많다고 했다. 간판을 그리는 사람이 영화를 보고 그리기보다 다른 샘플을 참고했던 관행을 말해준다. 마지막으로 색상, 구조 등 내부 시설에 대해 말하는데, 단성사는 예전보다 아담해졌고 조선극장은 크게 변화가 없다고 했다. 이 글에서 다룬 우미관은 그저 그렇다고 했는데, 긍정적인 평가는 아닌 것 같다.

3장

'야앵'의 최고 명소,
창경원

식물원

박물관

창경원

홍화문

명정전

동물원

연못

의과

연건정

대학병원

의학전문학교

창경원은 지금 창경궁 자리에 있었다. 조선을 강점한 일본은 식민지 궁궐의 위용을 지우기 위해, 창경궁을 공원과 같은 공간으로 바꾸려 했다. 식물원, 동물원, 박물관 등을 세웠던 것도 같은 이유 때문이었는데, 특히 식물원은 개장 당시 동양 최대의 규모를 자랑할 정도였다고 한다. 그런데 창경원에서 가장 유명했던 것은 식물원이나 동물원이 아니었다. '야앵(夜櫻)', 곧 밤에 벚꽃을 구경하는 일이었다. 이 장에서는 야앵을 중심으로 창경원의 풍광을 살펴보고, 또 이면에 가리어진 식민지의 그늘을 더듬어 보자.

식민지 시대 벚꽃의 명소

4월 중순에 접어들어 벚꽃이 활짝 피면, 전국의 벚꽃 명소에서는 앞다투어 벚꽃 축제가 열린다. 그러면 짧은 벚꽃의 만개를 보기 위해 수많은 사람들이 모여든다. 벚꽃으로 유명한 곳으로 서울은 여의도, 석촌호수, 남산 등이, 전국적으로는 진해, 경주, 군산 등이 손꼽힌다.

식민지 시대에는 어땠을까? 그때도 봄이 되어 벚꽃이 피면 사람들이 벚꽃 구경에 열을 올렸을까? 정치적으로 일본의 식민 지배를 받았고, 경제적으로도 대부분 빈곤에 허덕였기 때문에, 벚꽃을 구경할 여유가 있었을까 하는 생각도 든다.

그런데 1930년대 대표적인 통속소설가로 알려진 김말봉의 소설 『밀림』은 이런 생각에 균열을 가한다.

▷ 월급쟁이, 학생, 장사꾼, 늙은이, 젊은이, 사내, 아낙
심지어 내일 시집갈 처녀까지 어제 결혼한 색시까지

사쿠라는 기어이 사람을 휘몰아다가 사람의 물결을 만들고 범람한 사람이 홍수를 만들고 그리고 거기에서 온갖 인생의 탁류를 희비 활극을 만들어내는 것이다.

문장이 자연스럽지는 않지만 말하려는 것은 그때도 벚꽃이 남녀노소 온갖 사람들을 불러내 사람의 물결을 만들었다는 것이다. 그 물결에는 내일 시집갈 처녀와 어제 결혼한 색시까지 포함되니, 거의 모든 사람이 해당된다고 할 수 있다. 이어 사람의 물결, 곧 인파는 홍수를 만들고, 나아가 기쁨과 슬픔의 활극이 교차하는 인생의 탁류를 만든다는 말도 덧붙였다.

『밀림』의 인용을 정리하면 벚꽃은 온갖 사람들을 불러내 기쁨과 슬픔이 교차하는 인생을 만든다는 것이니, 당시에도 벚꽃의 위력은 대단했던 것 같다. 그런데 식민지 시대에는 벚꽃으로 유명한 곳이 어디였을까? 『밀림』의 표현을 빌리면 벚꽃을 구경하는 사람들의 홍수로 뒤덮이는 곳은 어디였을까?

물론 식민지 시대에도 벚꽃 명소는 여러 곳이 있었지만, 흥미로운 점은 가장 유명한 곳을 꼽으라면 모두 같은 곳을 지목했다는 것이다. 그곳은 바로 이 장에서 살펴볼 창경원이었다. 창경원은 벚꽃으로 가장 이름난 곳이었는데, 특히 '야앵(夜櫻)'의 명소로 손꼽혔다.

야앵은 밤에 벚꽃을 구경하는 일을 가리켰는데, 창경

벚꽃이 가득 핀 창경원의 모습. 출처는 『사진엽서로 보는 근대풍경 4』(부산박물관 엮음, 민속원, 2009), 233쪽.

원에는 벚꽃이 만개한 밤이 되면 여러 색깔의 조명 시설로 벚꽃을 비춰 더욱 황홀한 분위기를 연출했다고 한다. 사실 앞선 『밀림』의 인용 앞에도 신문에 창경원에 벚꽃이 핀 사진이 실리면 사람들은 암호나 들은 것처럼 거리로 쏟아져 나온다는 구절이 먼저 나온다. 창경원에 벚꽃이 피는 것이 사람들에게 벚꽃 구경을 알리는 신호탄이 되었다는 것이다.

봄을 알리는 창경원의 '야앵(夜櫻)'

창경원은 일본의 조선 강점과 함께 예전의 창경궁을 지금의 공원이나 놀이동산과 같은 공간으로 만든 것이었다. 크게 동물원, 식물원, 박물관 등으로 구성되었는데, 굳이 그것들을 궁궐이 있던 자리에 세웠던 데서 일본의 의도를 짐작할 수 있다. 그런데 아래와 같은 서술을 보면 일본의 의도는 어느 정도 성공한 듯 보인다.

▷ 창경원! 창경원이라면 누구나 다 벚꽃 구경하는 데요, 동물원 식물원으로만 알고 있지만 실상 이곳의 옛 이름은 창경궁! 함부로 못 들어가던 궁이었다. 이 구중궁궐이 남녀노소 다 들어가는 공원이 되기는 지금으로부터 27년 전 융희 황제 때부터이다.

인용은 1934년 10월 『동아일보』에 실린 글로, 이미 당시에도 창경원이라고 하면 궁궐의 흔적은 사라지고, 벚꽃 구경을 하거나, 동물원, 식물원이 있는 곳으로 알고 있다고 했다. 일반적으로 창경원 하면 동물원이나 식물원을 떠올리지만 인용에서 벚꽃 구경을 가장 먼저 언급하는 것도 유의할 필요가 있다. 실제 식민지 시대에 창경원에서 열렸던 행사 가운데 가장 유명했던 것은 앞서 언급한 밤 벚꽃 구경, 곧 '야앵'이었다.

창경원의 야앵을 잘 보여주는 소설로는 채만식의 『인형의 집을 나와서』가 있다. 채만식에 대해서는 2장에서 명창대회 구경을 가 억지를 부리는 윤직원을 통해 잠시 확인한 바 있다. 채만식은 식민지 시대를 살아가는 다양한 군상을 풍자를 섞어 그려낸 작가로 유명한데, 독자들에게 많이 알려진 소설로는 앞서 살펴본 『태평천하』와 함께 『탁류』가 있다.

1933년 5월에서 11월까지 『조선일보』에 연재된 『인형의 집을 나와서』는 『태평천하』나 『탁류』만큼 유명한 소설은 아니다. 부제가 '노라의 후일담'이라는 데서 알 수 있듯이 입센(Henrik Ibsen)의 『인형의 집(Et Dukkehjem)』에서 집을 나온 노라가 식민지 조선이라는 상황에 놓였다면 어떻게 되었을까 하는 얘기를 다루고 있다.

소설의 중심인물 임노라는 변호사 현석준의 아내인데, 석준이 병에 들어 위독하자 고리대금업자 구재홍에게 돈을 빌렸다. 석준은 병에서 회복되고 은행 지배인 자리까지 오르지만 빌린 돈을 빌미로 재홍에게 협박을 당한다. 석준을 살리려고 한 일 때문에 오히려 남편에게 모욕적인 얘기를 들은 노라는 집을 나와 고향으로 돌아갔다.

고향에 간 노라는 금방 경제적인 어려움에 처하게 되고 다시 경성으로 올라오는데, 옥순이라는 여성과 함께였다. 바람기 많은 남편에게 버림받고 혼자 지내는 옥순이가 안쓰러웠기 때문이었다. 경성에 돌아온 노라는 친구 혜경의 소개로 이런저런 일을 하며 생계를 이어나간다.

『인형의 집을 나와서』에는 노라가 혜경, 옥순이와 함께 창경원을 찾는 장면이 나온다. 작가는 세 사람의 창경원 야앵 구경을 그리기 전 아래와 같이 자신의 생각을 밝혔다.

▷ 그동안에 ○○○○회사와 한가지로 ○○○을 건너온 신식 봄이 케럴을 당하야 사구라가 만발한 것이다. 녯 궁터가 컨등 불빗혜 연지칠을 하엿다. 창경원에 야앵이 시작된 것이다. 사구라가 피어야 비로소 봄이요, 그 놈이 지면 봄도 가는 것이 요짐의 조선의 봄이다. 이 짤분 1주일 동안을 놓치지 않으려고 서울 사람들은 자는 아이까지 깨워 업고 밤의 창경원으로 창경원으로 모혀든다.

벚꽃이 만발하면 예전 궁터, 곧 창경원에 전등이 켜지고 야앵이 시작된다고 했다. 그러면 사람들은 그때를 놓치지 않으려고 밤에 자는 아이까지 업고 창경원으로 모여든다는 것이다. 야앵이 열리면 벚꽃을 구경하는 사람들의 홍수로 뒤덮인다는 『밀림』의 서술과도 겹쳐진다.

창경궁 야앵에 몰린 인파의 모습. 출처는 『동아일보』, 1932.3.23.

인용문에 있는 ○○○○회사, ○○○을 등은 검열로 지워진 흔적이다. 작가는 벚꽃과 함께 왔다가 가는 것이 조선의 신식 봄이라며 비판적인 입장을 보이는데, 그것을 고려하면 검열로 지워진 글자는 '조선척식'과 '현해탄' 정도로 파악된다.

박태원도 그의 대표작 『천변풍경』에서 음력 삼월 중순이 되어 창경원의 야앵이 시작될 무렵이 되면 하늘은 매일같이 얇게 흰 구름을 띠운 채 흰하게 흐리다고 했다. 또 「골목 안」이라는 소설에서는 창경원 야앵과 관련해 다음과 같이 서술하고 있다.

▽ 내일모레면 창경원의 벚꼿히 한창이라고, 마침 연일
  계속되는 조흔 날씨에 사람들의 마음은 들뜨는 때, 세월이

업는 가쾌들은, 그 음침한 방 속에 가 드러바켜 잇어,
어케나 오늘이나, 하잘 수 없어 붙잡느니, 손때가 까마케
묻은 장기짝이다.

인용문은 음침한 방에서 손때가 까맣게 묻은 장기짝을
놀리는 가쾌들의 처지를 말하고 있다. 가쾌는 원래 집 흥정
을 붙이는 일을 하는 사람인데, 여기서는 복덕방 주인뿐 아
니라 거기 모여 시간을 보내는 사람들까지를 가리킨다. 하
지만 이 책은 오히려 창경원 벚꽃이 한창이라는 말이 들리
면 사람들은 연일 계속되는 좋은 날씨에 마음이 들뜬다는
부분에 눈길이 간다.

다시 『인형의 집을 나와서』로 돌아가 보자. 창경원에
서 열리는 야앵을 구경하려는 사람들이 얼마나 많았는지
노라, 혜경, 옥순이가 안국동네거리에 오니 벌써 넓은 길이
메워질 듯했다고 한다. 창경원 문 앞에 다다른 세 사람은
사람들을 밀치고 닥
치고 하면서 간신히
입장권을 산다. 세
사람은 입구로 들
어가 '동물원'을 거
쳐 수천 명의 사람
이 모인 '여흥장(餘興
場)'에 이르게 된다.

『인형의 집을 나와서』에서 창경원 야앵을
찾은 노라, 혜경, 옥순이. 출처는 『조선일보』,
1933.7.22.

식민지 시대 창경원의 구조에 대해서는 다시 살펴볼 테니, 일단 이름부터 흥미로운 여흥장 구경부터 하자.

> ▽ 무대 위에서는 가시같이 야윈 팔다리를 내노코
> 계집애들이 레뷰를 하느라고 뻣뻣한 춤을 추고 잇다. 그
> 많은 사람들이 입을 다문 사람은 하나도 업다. 마그네슘이
> 여기저기서 탕탕 터진다.

여흥장 무대 위에서는 여성들이 춤을 추그 있고 관객들을 그것을 쳐다보느라 입이 벌어진 것도 모른다고 되어 있다. 흥을 돋울 목적이었는지, 여기저기에서 '마그네슘(magnesium)'이 터진다고도 했다. 여기서 마그네슘은 폭죽 정도로 생각하면 되는데, 폭죽에 빛을 발생시키는 데 마그네슘이 사용된 데서 그렇게 서술했나 보다. 소설에는 연못 가운데 다양한 색채의 변화를 느낄 수 있는 '일루미네이션(illumination)'도 설치되어 있다고 했는데, 일루미네이션은 전광판 정도로 이해하면 되겠다.

화려한 여흥장의 풍경에 노라, 혜경, 옥순이도 정신이 없었을 것 같다. 그런데 어렵게 창경원의 야앵을 찾았건만 세 사람의 기분은 썩 좋지만은 않았다. 그곳에서 여자와 함께 온 옥순이의 남편 재환을 발견했기 때문이다. 사실 재환은 옥순이를 시골에 버려둔 채 경성에 올라와서도 이 여자, 저 여자를 집적대던 일을 이어가고 있었다.

좀처럼 구경 못 할 동물들

독자들에게 창경원 하면 먼저 떠오르는 것이 야앵보다 동물원일 수도 있겠다. 1984년 5월 서울대공원으로 이전하기 전 창경원이라고 하면 동물원을 연상하는 경우가 많았다. 물론 이러한 연상에도 조선의 궁궐 등 권위를 망각시키려는 일본의 속내가 작용하고 있었다. 식민지 시대 소설에서 창경원이 동물원으로 등장하는 것은 일찍부터였던 것 같다.

1장에서 경성역을 살펴보면서 염상섭의 『광분』의 도움을 받은 바 있다. 염상섭은 등단 초기였던 1922년 1월 잡지 『개벽』에 「암야(暗夜)」를 발표한 바 있다. '암야'라는 제목은 어두운 밤 정도를 의미하는데, 비슷한 시기 발표한 「표본실의 청개구리」와 마찬가지로 식민지 현실에 신음하는 지식청년의 고뇌를 그린 소설이다. 그런데 「암야」에는 다음과 같은 구절이 등장한다.

▷ 그는 일컨에 창경원에 놀러 갓다가, 동물원에서 본, 철창

창경원 동물원의 모습. 출처는 『사진엽서로 보는 근대풍경 4』(부산박물관 엮음, 민속원, 2009), 270쪽.

안의 검은 곰이 생각나서, 불쾌한 듯이 눈살을 찌푸리다가, 기가 막힌 듯이 "아아" 선하품 같은 한숨을 쉬고 두 발을 내던지며 벽에 기대엇다.

「암야」의 중심인물 '그'는 봉건적 가정과 식민지 조선의 굴레 속에 억눌려 있다가, 문득 자신의 모습이 창경원의 철창 안에 갇혀 있는 곰과 같다고 생각한다. 집이라는 철창에 갇힌 자신의 모습을 창경원의 곰에 비유하고 있는 것을 고려하면, 이미 1920년대 전반기에도 창경원의 동물원이 익숙한 공간이었음을 알 수 있다.

앞서 살펴본 『천변풍경』의 작가 박태원의 소설 「애욕(愛慾)」에도 창경원이 동물원으로 등장한다. 다방 제비를 구경하면서 다시 얘기하겠지만, 「애욕」은 이상을 모델로 한 소설로 박태원 자신도 등장한다. 사랑을 유희로 생각하는 여성에게 마음을 뺏긴 이상은 종일 그녀의 전화를 기다리다 못해 연서를 보냈다가 공개되어 망신을 당한다. 막역한 친구의 번민을 보다 못한 박태원은 다음과 같이 이야기한다.

> "또 가까이 동물원엘 가두 좋지. 참 얘 몇시냐, 지금."
> "세 시 오 분 컸입니다."
> "여보. 동물원엘 갑시다. 참, 좀처럼 구경 못할 거 구경시켜줄게."
> "뭐게?"
> "사자, 호랑이, 표범, 곰, 그런 것들 쇠고기 뜯어 먹는 거 언제 봤겠소? 참 볼만하지. 으르렁 그르렁 거리구, 이른바 맹수의 야성."
> "딴은 참 볼만하겠군."

박태원은 제비에서 일하는 아이에게 몇 시인지 묻고는 이상에게 좀처럼 구경 못할 것을 보러 창경원으로 가자고 한다. 여기서 일하는 아이는 늘 다방을 비우던 이상을 대신해 제비를 지키던 15, 16세 정도 먹은 수영이다. 박태원이 이상에게 사자, 호랑이, 표범, 곰 등이 소고기를 뜯어 먹는 것을 구경 가자고 하니, 이상 역시 참 볼만하겠다고 맞장구를 친다. 그런데 맞장구에 영혼이 전혀 들어 있

『마음의 태양』에 등장하는 창경원의 동물원. 출처는 『조선일보』 1934.7.16.

지 않았다는 사실은 안타깝다.

어렸을 때 동물원에 가서 책이나 모니터를 통해서 보던 동물들을 처음 보고 놀랐던 기억들은 대부분 가지고 있을 것이다. 식민지 시대에는 사자, 호랑이, 표범, 곰 등의 맹수들은 어린아이뿐만 아니라 어른도 처음 보는 진귀한 동물들이었으니 더욱 흥미진진했을 것이다. 게다가 때를 맞춰 식사 시간에 가면 다른 짐승들을 뜯어 먹는 광경도 볼 수 있었으니, 박태원이 실의에 빠진 이상에게 구경을 권했는지도 모르겠다.

지금도 그렇지만, 창경원의 동물원에서 맹수를 빼고는 사람들의 인기를 독차지했던 동물은 원숭이였다. 현경준의 소설 『마음의 태양』에는 승우와 경호가 창경원을 방문하는 장면이 등장한다.

　　『마음의 태양』은 『조선일보』가 1천 원의 상금을 내걸고 시행한 현상소설에서 2등으로 입선한 소설이었다. 창경원을 방문한 승우와 경호는 원숭이 우리를 찾는다.

> ▷　청류장에서 창경원까지 가는 컨차를 기다려 타고 동물원
> 문에가 나리니 바로 오포(午砲)가 낫다. 시계를 맛춘 후 표를
> 사 가지고 안으로 들어가서 위선 원숭의 머리 압흐로 갓다.
> 어느 때 보던지 재미잇는 동물이엿다.
> "커놈이 녀자 구경꾼만 온다면 흉측한 짓을 잘 한다지?"
> "그린대."
> "조 눈이 생긴 걸 보게. 못 되지 안켓는가?"
> "왜 오늘은 구경꾼이 쩍네 그려."

　　승우와 경호가 창경원을 찾은 것은 승우가 답답하다며 경호에게 창경원에 가자고 권해서였다. 그들은 동물원에 가서 제일 먼저 원숭이 우리로 간다. 승우가 여자 관람객이 오면 원숭이가 흉측한 짓을 한다며 눈을 보면 못되게 생겼다고 하자 경호 역시 맞장구를 친다. 인용문에는 원숭이는 어느 때 보던지 재미있는 동물이라고 해 관람객들에게 인기가 있었다고 되어 있다. 사실 승우는 창경원에 가자고 할 때부터 원숭이나 놀리러 가자며 찾았던 길이었다.

인용문에는 창경원과 직접 관련은 없지만 다른 흥미로운 장면도 등장한다. 정오를 알리는 오포 소리가 나자 시계를 맞추는 장면이 그것이다. 당시에는 시계가 정확하지 않아 시간을 알리는 대포 소리에 나면 시간을 맞추는 것이 일반적이었음을 알 수 있다. 승우와 경호는 원숭이를 구경한 후 물새, 사자 등도 보고는 코끼리를 구경하러 간다. 거기서는 여학생들이 먹고 난 콩 껍질만 주자 화가 난 코끼리가 물을 뿌리는 모습을 보고 재미있어 하기도 했다. 현경준의 『마음의 태양』은 승우와 경호의 동선을 통해 식민지 시대 창경원의 동물원에 어떤 동물들이 있었는지 알게 해준다.

식물원의 온실과 스케이트장

그런데 모두가 창경원의 동물들을 구경하는 것이 즐겁지는 않았나 보다. 이익상은 1927년 1월에서 7월까지 『조선일보』에 소설 『키 일흔 범선』을 연재한 바 있다. 이익상은 김석송, 박영희, 김기진 등과 '파스큘라(PASKYULA)'를 조직하는 등 신경향파 문학을 싹 틔우는 데 힘썼던 인물이었다. 이후 '조선일보사', '동아일보사' 등에서 기자로 일했는데, 『키 일흔 범선』역시 조선일보사 기자로 일하면서 쓴 소설이었다.

　『키 일흔 범선』에는 중심인물 창호가 인순, 인경, 혜경 등과 창경원에 놀러가는 얘기가 등장한다. 동물원 구경을 마치자 인순은 정말 별별 동물들이 많아서 재미있었다고 한다. 그런데 인경은 철망에 갇힌 동물들을 구경하고 놀리는 것이 안 됐다는 생각을 밝힌다. 요즘 본래 살던 자연과 다른 좁은 공간에 갇혀 사람들의 시선을 감당해야 하는 동물원의 문제는 드물지 않게 제기된다.

창경원 식물원의 온실 내부. 출처는 『동아일보』, 1935.2.1.

　　그런데 『키 일흔 범선』에서는 얘기가 조금은 다르게 흘러간다. 인경의 말을 들은 인순은 밥걱정을 안 해도 되니 철망 속에 있는 동물이 오히려 편할지도 모른다고 한다. 두 사람의 대화를 듣던 창호와 혜경은 그럴듯하다는 듯 미소를 짓기도 한다. 그런데 미소를 짓던 혜경은 요즘처럼 살 집 마련하기 힘든 때는 집 문제에서도 자유로우니 동물원의 동물들이 나을지도 모른다며 인순의 말에 동의를 표한다.

　　『키 일흔 범선』에는 창경원의 식물원도 등장한다. 창호, 인순, 인경, 혜경 등이 동물원 구경을 마치고 식물원으로 향했기 때문이다. 창경원의 구조에 대해서는 뒤에서 다시 얘기하겠지만, 일반적으로 입구와 이어진 동물원 구경을 하고 중앙에 위치한 박물관을 거쳐 식물원으로 향하게 되어 있었다. 『키 일흔 범선』에서는 박물관에는 들르지 않고, 동물원에서 바로 식물원으로 가는 것으로 그려져 있다.

네 사람은 계속된 구경에 다리가 아팠는지 식물원 온실에 들어가기 전 연못 근처 벤치에서 쉬었다 간다.

▽ 그들은 련못 언덕 우 뻰취에 걸어 안저 다리를 쉬이며
북으로 송리 사이에 우뚝 소사 잇는 온실을 바라보앗다.
온실 뒤에 우뚝 소사 잇는 큰 연돌에서 검은 연긔가 힘업시
뭉게뭉게 올라왓다. 서으로 기우러가는 힘업는 햇빗에도
온실은 수청궁처럼 령롱하여 뵈엿다.

네 사람이 벤치에서 북쪽을 보니 식물원의 온실이 우뚝 솟아 있다고 했다. 온실은 석양 무렵의 햇빛에도 수정궁처럼 영롱하게 보인다고 했으니, 멀리서도 눈에 띄는 모습을 하고 있었던 것으로 보인다. 또 온실 뒤편에서는 연기가 뭉게뭉게 올라온다고 했는데, 아마 온실의 온도 유지를 위해 난방을 하면서 나온 연기일 것이다.

창경원의 식물원은 김말봉의 소설 『밀림』에도 다음과 같이 등장한다.

▽ "얘, 오늘 우리 셋이 식물원 온실에나 가볼가?
어떳습니까, 상만씨?"

"베리곳. 후리지아, 카네숀, 추립도 피엿슬게고……."

"글세. 난 아마 이 길로 량 선생집을 좀 가보야겟서."

인애는 컨에 없이 탐닥지 안흔 표정이다.

인용문에서 우리 셋은 자경, 상만, 인애이다. 자경이 창경원 온실에 가는 게 어떠냐고 제안하는데, 식물원 역시 경성에서 여가를 즐기는 공간의 하나였음을 말해준다. 자경의 제안에 상만은 프리지아, 카네이션, 튤립 등 꽃 이름을 대면서 적극적으로 동의한다. 그런데 인애는 다른 약속이 있다며 탐탁지 않은 표정을 짓는다.

사실 세 사람 가운데 인애가 상만과 연인 사이이며, 상만의 도쿄 유학을 지원하기도 한다. 인애가 자경의 제안에 다른 약속이 있다고 한 것도 꾸며낸 말이었는데, 세 사람의 어색한 분위기에 대해서는 8장에서 한강 공원을 살펴볼 때 다시 얘기하겠다.

창경원의 식물원은 이광수의 소설 『애욕의 피안』에도 등장한다. 이광수는 최초의 근대소설로 평가되는 『무정』을 쓴 작가로 많이 알려져 있다. 『애욕의 피안』은 1936년 5월에서 11월까지 『조선일보』에 연재된 작품이다. 소설에서 은주와 혜련은 창경원을 찾는데, 은주의 제안에 따라 두 사람은 각각 10전의 입장료를 내고 온실을 방문하게 된다. 그런데 소설에서 창경원의 식물원은 다양한 식물들이 가득한 곳으로 그려지지만, 온실에 대해서는 긍정적이지만은 않다.

▷ 이 조그마한 방안을 케 세상으로 알고 사는 멀리멀리
열대지방에서 온 식물들. 비도 볏도 마음대로 못 밧고 커
늙은 원청이 주는 물을 바더 먹고 가까수로 죽지나 안코
살아가는 구양살잇군들. 파초, 종로, 고무나무, 입사귀만
잇는 놈, 넝쿨만 벗는 놈. 그래도 타고난 청품은 버리지를
못하여서 꼿도 피우고 개 사지도 내고. 모도 불건컨한,
병쳑인 생명들. 그것은 마치 조선의 녀성과도 가튼 존재들.

인용문은 온실에 있는 열대지방에서 온 식물을 빛도,
볕도 마음대로 못 받고 물도 얻어먹으며 귀양살이를 하는
존재로 그리고 있다. 타고난 성품을 버리지 못해 꽃을 피
우고 열매를 맺지만 불건전하고 병적인 생명들이라는 것
이다. 그들을 조선의 여성과 같은 존재에 비유하고 있는
마지막 부분 역시 주목을 필요로 한다.

동물원에서 식물원으로 가는 쪽에 연못이 있었다고
했는데, 겨울이 되면 그 연못이 스케이트장으로 운영되었
다는 사실도 흥미롭다. 박완서의 소설 가운데는 작가의 어
린 시절을 그린 『그 많던 싱아는 누가 다 먹었을까』가 있다.
자전소설이라고 할 수 있을 텐데, 소설은 작가의 성장과 함
께 『그 산은 정말 거기 있었을까』로 이어진다.

『그 많던 싱아는 누가 다 먹었을까』에는 어린 작가가

스케이트를 한쪽 어깨에 메고 고향을 방문하는 장면이 등장한다.

창경원에서 스케이트를 타는 여학생의 모습. 출처는 『동아일보』, 1927.1.20.

▽ 나는 검정
치마저고리 위에다
두루마기 대신
가운을 입고 한쪽
어깨에다 스케이트를 메고 귀향을 했다. 오빠가 언제부터
스케이트를 탔는지 확실하지는 않지만 상을 타 온 걸 본
적도 있고 창경원 연못에서 스케이트를 타는 걸 구경한
적도 있었다. 그래서 서울 사람들이 하는 운동 중 가장
낯설지 않은 운동이긴 했지만 나는 그걸 하고 싶어 한 적도
그걸 신어 본 적도 없었다.

어린 작가가 고향을 방문하면서 스케이트를 메고 갔
던 이유는 서울에서 산다는 것을 으스대기 위한 엄마의 계
략이었다. 인용문을 보면 작가는 스케이트를 타 본 적도,
또 타고 싶었던 적도 없다고 한다. 그러면서 작가의 오빠
는 스케이트를 잘 타는데 창경원 연못에서 타는 것을 구경
한 적도 있다고 한다. 여기서도 겨울이 되어 창경원 연못
물이 얼면 스케이트장으로 운영되었음을 알 수 있다.
　　그런데 『그 많던 싱아는 누가 다 먹었을까』에서 스케

이트를 메고 으스대며 고향에 간 작가는 어떻게 되었을까? 자랑의 대가로 고향 친구들 앞에서 한 번도 타 본 적 없는 스케이트를 타게 되는데, 결과는 독자들이 예상하는 대로다. 오히려 불호령은 작가의 할아버지에게서 떨어지는데, 할아버지 눈에는 처음 스케이트를 신고 허둥대는 작가의 모습이 무당이 작두를 타는 모습처럼 보였기 때문이었다.

사실 식민지 시대에도 한강에 스케이트장이 있었고, 정식으로 개설된 것은 아니지만 동네마다 작으나마 얼음을 지칠 수 있는 곳이 있었다. 그런데도 굳이 창경원이나 경복궁에 스케이트장을 개장했던 이유는 창경궁을 동물원과 식물원으로 이루어진 창경원으로 변화시키려고 했던 의도와 크게 다르지 않았을 것이다.

궁궐이 유흥장이 되다니

창경궁은 본래 조선 왕조의 이궁(離宮)이라서 다른 궁보다 구조와 의장이 간소했다. 여기서 이궁은 임금이 왕궁 밖에 머물 때 사용하던 별궁, 행궁 등을 뜻한다. 처음에는 15세기 초 세종이 왕위에 오르면서, 상왕인 태종이 거처할 수강궁으로 세워졌다. 이후 성종 즉위 후 대왕대비가 수강궁으로 거처를 옮기면서 전각과 정자 등을 증설한 후 창경궁이라는 이름을 사용하게 되었다. 그런데 1885년 왕실이 창덕궁에서 경복궁으로 환궁하자 관리가 제대로 이루어지지 않아 거의 방치되다시피 했다.

창경궁이 창경원이라는 이름과 함께 궁궐의 위엄을 상실한 것은 일제의 침탈과 맞물려 있었다. 창경원 조성을 주도한 인물은 고미야미 오마츠(小宮三保松)였는데, 그는 이토 히로부미(伊藤博文)의 최측근으로 궁내부 차관에 오른 인물이었다. 고미야미 오마츠는 황실의 오락을 위해 어원(御苑)을 신설한다는 명목으로 창경궁에 박물관과 동물원, 식물원 건설을 추진했다. 1909년 11월 개원을 앞두고는 일반인에게도 공개한다는 방침을 세우고, 명칭 역시 창경궁에서 창경원으로 바꾸게 된다.

창경원의 개장을 위해 남쪽 보루각 자리에는 동물원을, 북쪽 춘당대 일대에는 식물원과 연못을 조성했다. 동물원의 개장에는 경성에서 개인 명의의 동물원을 꾸려나갔던 유한성이라는 인물의 도움을 받았다. 유한성이 소유한 동물 전부를 양도받고, 그와 함께 동물원에서 일했던 사람들도 직원으로 채용했다.

식물원은 도쿄 '신주쿠어원(新宿御苑)' 온실의 건설을 담당했던 후쿠바 하야토(福羽逸人)가 설계를 맡았다. 개장 당시 창경원 입장료는 성인은 10전이며, 5세 이상 10세 미만의 어린이는 5전, 5세 이하는 무료로 책정되었다.

동물원과 식물원을 조성한 후 정문인 홍화문의 맞은편에 위치했던 명전전과 행랑을 미술품 진열관으로 개조했다. 또 1912년에는 멀리서도 눈에 띄도록 창경원에서 가장 높은 곳인 자경전 터에 박물관을 짓게 되는데, 그곳이 벚꽃이 가장 현란하게 피는 곳이었다는 이유도 작용했다. 박물관의 구조는 일본과 서양을 혼합한 '화양절충(和洋折衝)'의 양식을 택했다.

창경원의 공간 배치는 먼저 정문, 곧 홍화문으로 들어서면 왼쪽에 동물원이 위치하고 있었다. 그리고 경춘전, 환경전 등 본래 궁궐이 있었던 중앙 공간에는 박물관을 새롭

게 세웠다. 또 정문에
서 오른쪽으로 가면 온
실과 함께 다양한 꽃들
을 볼 수 있는 식물원
이 만들어졌다. 동물원
과 식물원은 규모와 시
설 모두에서 두드러지
는 것이었는데, 특히
동양 최대의 규모를 지
닌 식물원에 대해서는
앞서 확인한 바 있다.

벚꽃이 장관을 이룬 창경원 입구. 출처는
『伸び行く京城電氣』, 京城電氣株式會社,
1942, 63面.

물론 그런 규모와 시설에도 조선을 강점한 제국 일본의 의
도가 작용하고 있었다.

　　방치되다시피 했던 궁궐을 큰 규모와 최신 시설을 갖
춘 근대적인 공원으로 단장해 공개하는 일은 사람들에게
조선을 '과거/봉건/폐허'로, 반면에 일본을 '미래/근대/문
명'으로 각인시키는 일이었다. 동물원, 식물원, 박물관 등
의 시설들이 연이어 개설되자 궁궐의 후원을 뜻하는 '어
원'을 '창경원'이라는 이름으로 바꾼 것 역시 지난 왕조의
궁궐이라는 의미를 망각시키려는 의도에서였다.

　　그런데 창경원의 벚꽃 구경은 언제부터 시작되었고,
야앵은 어떻게 유명세를 타게 되었을까? 벚나무를 심었던
것은 1909년 개원식에 온 일본인 고위 관료들이 창경원을

일본식 정원으로 꾸미라고 제안한 데 따른 것이었다. 처음에는 동물원과 식물원의 연결통로에 심는 것을 시작으로 해마다 200주 정도의 벚나무를 더 심었다.

그러다가 야앵의 시행과 함께 300~400주 정도로 늘려서 심었는데, 벚나무가 도로를 따라 개화하면 마치 터널과 같이 보여 '앵화 터널'이라는 이름으로 창경원의 명물이 되었다. 또 벚꽃의 개화기에 야간 개방이 시작되면서 벚나무에 전등을 설치해 밤이면 더욱 화려한 풍광을 자랑하게 되었다. 개원 이후 야앵은 해를 지날수록 개방 구역을 늘려가며 점점 더 화려해졌으며, 벚꽃 역시 점차 영역을 확대해 나가 창경원을 상징하는 존재가 되었다.

야앵은 1924년부터 시작하여 1945년까지 매년 이어졌다. 보통 벚꽃이 피는 4월 중순부터 열흘 동안 계속되었다. 벚꽃뿐만 아니라 앞서 살펴보았듯이 수백 개의 전구로 이루어진 일루미네이션을 설치하고 고압 수은등(high pressure mercury lamp)도 가설해 창경원 내부를 낮과 같이 밝혔다. 특히 식물원에는 온실 건물에 조명을 달고 또 17미터 높이에 이르는 네온 탑을 세워 어두운 밤 서양식 유리 건물과 네온 탑이 춘당지 물 위에 떠 있는 듯한 환상적인 풍경을 연출하려 했다.

한편 식물원 근처 광장에 설치된 연회장에서는 각종 공연이 벌어졌고 아악대가 흥을 돋우었다. 연회장에서는 매일 레뷰와 함께 곡예, 마술, 가부키, 서양 무용, 전통 무용 등이 교대로 공연되었다고 한다. 여기서 '레뷰(revue)'는 본래 연극을 뜻하는데, 공연 정도로 이해하면 되겠다. 동물원에 위치한 풀밭에서는 활동사진도 상영했다.

창경원 야앵의 관객수를 조사한 데 따르면 1920년대 중반에는 경성 전체 인구의 50퍼센트, 1930년에는 60퍼센트, 1930년대 중반에는 75퍼센트를 차지했다고 한다. 물론 관객 중 많은 사람들은 조선에 체류하거나 이주한 일본인이었겠지만 조선인 역시 거기에 뒤지지 않았을 것으로 추정된다. 「야앵의 짜스 풍경」이라는 글에 따르면 창경원 야앵의 관객 가운데, 일본인이 반이고 조선인은 남은 반의 반, 곧 1/4 정도 된다고 했다.

사실 식민지 시대에는 나들이를 할 공간이나 볼거리가 제대로 없었다. 특히 가족 단위로 나들이를 할 수 있는 공간은 더욱 그랬다. 그래서 사람들은 파고다나 장충단 공원 혹은 여유가 있는 사람들은 본정과 종로의 백화점을 찾았다. 이런 상황을 고려하면 많은 사람들이 창경원을 찾았던, 특히 봄밤의 정취를 느끼기 위해 야앵을 즐겼던 이유를 짐작할 수 있다. 하지만 그곳이 이전 왕조의 궁궐이 지닌 기억과 위엄을 지우기 위해 의도적으로 만들어진 공간이라는 사실은 안타깝게 다가온다.

아름답지만 슬픈
창경원의 야앵

「취안(醉眼)에 빗치인 창경원 야앵의 짜스 풍경」,
『별건곤』 28호, 1930년 5월.

가만 잇자. 내가 아무리 취중이라도 오기는 확실히 창경원을 왓는데. 이게
웬일일가? 창경원이면 조선 창경원일렌데? 등불 생긴 모양이며 사람들하며
아무리 해도 조선 갓지가 안해! 그도 그러겟지 입장자의 반수 이상은
ゲタ친구요. 남어지 ½ 중에 ½이 조선사람 그 남어지는 양복친구넛가.
(……) 곳이 아모리 조흔들 질거운 마음으로 보아야 조흔 마음이 생기지!
아악(雅樂)을 보니 도쿄(東京) 쯤 안커서 렐레비죤으로 라듸오를 듯는 것
갓다. 오나가나 잔디밧 우에 한자리 식 벌려놋코 ゲタ친구들의 먹는 판이 다
이럿케들 (……) 련못 가운데 허엿케 웃독 선 것은 승겁기로 천하케일. 곳
이외에 좀 더 흥미를 끌을 뭣이 업나. 이 생각은 비단 취한(醉漢)인 본인만이
안일 것이다.

    요즘도 봄에 되면 여기저기에서 벚꽃 구경이나 축제
가 열린다. 식민지 시대에 벚꽃 구경으로 가장 유명했던
곳이 창경원이었음은 확인한 바 있다. 특히 4월 중순부터
열흘간 열렸던 창경원 야앵에는 경성 인구의 사분의 삼 정
도까지 몰렸다고 했다. 그런데 조선사람들의 입장에서 창
경원에서 열리는 야앵이 마냥 즐겁지만은 않았다. 창경궁
이 창경원으로 둔갑을 한 것, 또 거기에 벚꽃을 심은 것 등
이 일본의 조선 강점과 무관하지 않았기 때문이었다. 여기

창경원에서 야앵을 즐기는 일본인들의 모습. 출처는 『별건곤』 28호, 1930.5.

서는 조선사람들에게 창경원 야앵이 어떻게 다가왔는지를
말해주는 글을 소개한다.

　　1930년 5월 잡지 『별건곤』에 실린 「취안(醉眼)에 빗치
인 창경원 야앵의 짜스 풍경」은 술에 거나하게 취한 필자
가 창경원 야앵에 간 소감을 밝힌 글이다. 제목에서 '취안'
은 술 취한 눈, '짜스'는 재즈(jazz) 정도로 이해하면 된다.
필자가 취기를 빌린 것은 맑은 정신으로 글을 썼다고 했을
때 가해지는 억압을 피하기 위해서일 수도 있겠다.

　　글은 먼저 창경원에 왔는데 거기 있는 사람들과 등불
이 조선 같지 않다는 언급으로 시작한다. 그런데 필자는
스스로 의아함을 해결한다. 야앵에 온 사람 가운데 절반이

일본인이고, 사분의 일이 서양인, 그리고 사분의 일이 조선인이기 때문이라는 것이다. 인용된 부분 가운데 'ゲタ친구'는 일본인 정도로 이해하면 된다.

이어지는 글에서는 꽃도 즐거운 기분으로 봐야 좋은 마음이 생긴다고 한다. 공연장에서 들려오는 음악은 도쿄에서 TV를 라디오로 듣는 것, 곧 여러 가지가 뒤섞여 흥이 안 난다고 비난한다. 또 잔디밭에는 온통 한 자리씩 벌려 놓은 일본인들밖에 없고 연못에 설치한 네온 탑 역시 싱겁기는 마찬가지라고 했다.

「취안(醉眼)에 빗치인 창경원 야앵의 짜스 풍경」은 필자가 취기를 빌려 창경원 야앵에 이런저런 투정을 늘어놓고 있다. 하지만 취기 이면에 숨겨진 작가의 의도는 창경궁이 창경원으로 둔갑을 한 것, 또 거기서 일본인들이 자기 집 정원마냥 즐기는 것 등 일본의 조선 강점을 비판하는 데 놓여 있었을 것이다.

4장

가장 슬픈 동무의 가장 슬픈 찻집,
다방 제비

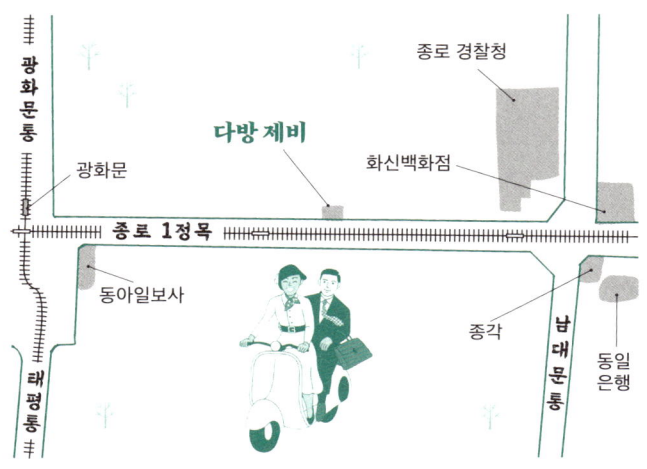

광화문통

광화문

종로 1정목

동아일보사

태평통

다방 제비

종로 경찰청

화신백화점

종각

남대문통

동일은행

제비는 흔히 비운의 천재라고 불리는 작가 이상이 운영했던 다방이다.
1933년 개업 당시에는 종로 1정목에 있었는데, 지금으로 보면
종로1가역에서 광화문역 쪽으로 조금 걸으면 나오는 위치다. 건축을
전공했던 이상이 직접 설계하고 꾸민 만큼 다방 제비는 독특한 외관과
내부를 특징으로 했다. 그런데 애써 꾸며 놓기만 했을 뿐 이상은 다방 제비의
운영에는 크게 관심이 없었던 것 같다. 손님을 찾아보기 힘들 정도로 한산해서
2년도 못 돼 문을 닫은 것을 보면 알 수 있다. 여기서는 비운의 천재 이상이
말아먹은 비운의 다방 제비를 감상해 보자.

종로경찰서 앞 다료와 그 주인

박태원의 대표작 가운데 「소설가 구보 씨의 일일」이 있다. 1장에서 경성역 대합실의 풍경을 그려 보기 위해 거칠게 살펴본 소설이다. 당시 독자들에게 생경한 띄어쓰기와 익숙하지 않은 줄 바꿈이 당혹스럽게 다가갔다는 것은 이미 확인했다. 하지만 지금 「소설가 구보 씨의 일일」을 읽으면 천변에서 시작해 종로, 장곡천정 등 100년 전 서울의 여기저기를 기웃거리는 구보 씨의 산책은 흥미롭기 그지없다. 그런데 흥미를 더하는 것은 「소설가 구보 씨의 일일」 역시 자전소설이라서 독자들에게 낯설지 않은 문인들도 등장한다는 사실이다.

산책을 이어가던 구보 씨가 처음 들른 곳은 장곡천정에 자리 잡은 '낙랑파라(樂浪PARA)'였다. 장곡천정은 지금의 소공동 근처라고 생각하면 된다. 낙랑파라는 장곡천정 초입에 세워진 서양풍의 2층 건물이었는데, 본정에 있었던 명치제과와 함께 '구인회'의 아지트(agitpunkt) 역할을 했던 곳이었다.

김소운은 『하늘 끝에 살아도』에서 낙랑파라에 대해 경성 안에 있는 문인, 화가, 음악가 들이 가장 많이 모이고 명곡연주회나 문호의 밤 같은 모임도 가끔 열리는 곳이라고 했다.

구보 씨는 일하는 아이에게 가배차(珈琲茶)와 담배를 시키고는 구석진 자리에 있는 등탁자(藤卓子)로 간다. 그는 그곳에서 가배차, 곧 커피를 마시며 젊었음에도 이미 피로에 길들여진 손님들을 응시한다. 가끔 활기찬 발소리나 웃음소리가 들려올 때도 있지만 그들에게 어울리는 것은 역시 우울과 고달픔이라고 생각하면서.

구보 씨가 경성역을 향해 발걸음을 옮긴 것은 낙랑파라를 나와서였다. 약동하는 무리를 찾기 위해서 방문한 경성역에서 오히려 익명성에 뒤에 숨겨진 고독을 발견했음은 이미 1장에서 확인한 바 있다. 갑자기 친구가 보고 싶다는 생각이 든 것은 그 때문인지도 모르겠다.

구보 씨는 여기저기 전화를 해 간신히 한 벗에게 나오겠다는 대답을 듣는다. 소설에서 그 벗은 시인임에도 호구지책으로 기자 일을 하는 인물로 그려져 있다. 구보 씨의 부름을 받고 나온 벗은 당시 '조선일보사'에서 근무하던 시인 김기림으로, 그도 박태원과 함께 구인회의 멤버였다.

구보 씨와 김기림은 역시 낙랑파라에서 만났는데, 김기림은 부름에 응한 사람치고는 뭔가 이상하다. 당시 여학

밤늦게 다시 만나 카페로 향하는 이상과 박태원. 출처는 『조선중앙일보』,
1934.9.13.

생들이나 즐겨 마시던 소다수를 시키고는, 몇 마디 안부를
묻고는 서둘러 집으로 가려 한다. 집이 아니라 하숙집에서
사는 것도 알고 있지만, 구보 씨는 벗의 귀가를 말릴 수는
없었다.

　　서먹하게 김기림과 헤어진 구보 씨는 허전한 마음에
또 다른 벗을 찾아 헤맨다. 종로경찰서 앞 다료를 찾았던
것도 그래서였는데, 친구가 운영하는 곳이었기 때문이었
다. 여기서 다료는 다방 정도로 생각하면 된다. 그런데 다
료를 하는 벗은 구보 씨의 허전함은 알 바 아니라는 듯 외
출 중이었다. 구보 씨에게 늘 다른 일로 바쁜 다료 주인의
외출은 새삼스러운 일은 아니었다. 그나마 다행인 것은 얼
마 지나지 않아 친구가 돌아왔다는 것이다.

　　구보 씨와 친구는 별다른 얘기 없이 저녁을 먹으러
'대창옥'으로 향한다. 대창옥은 이문식당과 함께 식단지

시대 경성에서 가장 유명한 설렁탕집 가운데 하나였다. 구보 씨는 설렁탕을 먹으면서 예전 도쿄에서 만났던 여성을 떠올리기도 한다. 이루지 못한 사랑에 대한 미련 때문인지, 여름의 뜨거운 날씨에 설렁탕을 먹어서인지, 구보 씨의 이마와 콧잔등이는 땀범벅이 된다. 그리고 다료 주인인 친구는 구보 씨의 어두운 얼굴에서 안타까움을 느끼기도 한다.

대창옥에서 나온 친구는 만날 사람이 있다며 밤 10시 지나 낙랑파라에서 다시 만나자며 자리를 뜬다. 여간 바쁘지 않은 친구였나 보다. 구보 씨가 그날 쑥스럽게도 낙랑파라를 세 번씩이나 방문한 것도 그 약속 때문이었다. 밤 10시경 먼저 낙랑파라에 도착한 구보 씨는 술이 거나하게 취해 자신을 '구포 씨'라고 부르는 손님에게 시달리다가 친구가 오자 서둘러 낙랑파라를 벗어난다.

그런데 「소설가 구보 씨의 일일」에서 다료를 열어두고는 있지만 다른 일로 늘 바쁜, 그래서 다료에 있는 경우보다 외출한 경우가 더 많았던 친구는 누구였을까? 아는 독자들도 있겠지만, 그 친구는 '이상'이었다. 그러니 그 벗이 운영하는 종로경찰서 앞 다료는 바로 '제비'였다. 앞서 얘기했듯이 이상은 박태원과 막역한 친구였는데, 「소설가 구보 씨의 일일」이 『조선중앙일보』에 연재될 때 삽화를 그리기도 했다.

건축에는 전문가였으나

1938년 6월 잡지 『청색지(靑色紙)』에는 「경성 다방 성쇠기」라는 글이 발표되었는데, 필자는 '노다객(老茶客)'이라는 필명으로 되어 있다. 『청색지』는 1938년 6월 구본웅이 창간한

이상 대신 다방 제비를 지키고 있었던 이상의 초상화. 출처는 『조선일보』, 1934.10.11.

잡지로, 분량은 많지 않지만 짜임새를 갖추어 모두 8권이 발행되었다. 「경성 다방 성쇠기」는 그때까지 경성에 문을 열고 또 폐업한 다방을 다룬 글인데, 이후 다방에 관한 논의가 기대고 있는 글이기도 하다.

「경성 다방 성쇠기」에는 종로에 문을 열었던 다방을 다음과 같이 언급하고 있다.

▷ 그 뒤 조선사람 손으로 조선인 가(街)에 맨 처음
낫던 다방은 9년 컨 관훈동 초입 3층 벽돌집(현재는
식당 기타가 되어 잇다.) 아래층 일우(一偶)에 이경손 씨가
포왜(布哇)에선가 온 묘령 여인과 더불어 경영하던
'카카듀'다. (……) 역시 컨문척 다첨으로 종로대로에 근대척
장식을 갖춰 나타난 것은 8년 컨 일미(日美)의 도안과를
나와 현대 영화배우 노릇을 하는 김인규 씨와 심영 씨가
차려 노앗던 '멕시코'다.

종로에서 조선인이 경영하던 다방으로는 '카카듀'가
처음이었고, 이어 근대적 장식을 갖춘 '멕시코'가 문을 열
었다고 한다. 카카듀는 이경손과 하와이에서 온 묘령의 연
인이, 멕시코는 김인규와 심영이 운영을 했다고 한다. 인용
에서 '포왜(布哇)'는 하와이이고, '일미(日美)'는 일본 도쿄미
술학교를 가리킨다.

「경성 다방 성쇠기」는 카카듀와 멕시코에 이어 '뽄아
미', '낙랑파라' 등의 특징에 대해서도 간략하게 다룬다. 그
러고는 이들에 이어 이상이 문을 열었던 다방 제비에 대해
서 다음과 같이 얘기하고 있다.

▷ 그 다음이 작년에 죽은 이상(李箱)이 현재 '빠-뽀스톤'
자리에 실내 시공만 햇다가 팔아넘긴 '식스 나인(69)'이
열리고, 곧 뒤이어 이상이 자기 부인을 데리고 여럿던 종로

1청목의 '케비'엿다. '케비'는 이상의 건축 컨문가-로서의 관록을 보이는 호(好) 설계로 다방 특유의 '디테일'의 '데코레이션'이 척고, 간결하엿스며 인삼차를 팔고 화가들이 많이 모여 한때 인기를 끄럿스나 1년이 못 가 명치청으로 자리를 옮겨 '맥(麥)'이란 새 가게를 ·내엇다.

먼저 '69', 곧 '식스나인'이라는 바(bar)를 열려고 인테리어까지 마쳤지만 그냥 팔아넘기고 다음으로 개업한 것이 종로 1정목에 위치한 다방 제비였다고 한다. 인용문을 보면 다방 제비의 인테리어는 이상이 건축기사로서 재능을 살려 장식 없이 간결하고 단순한 멋을 추구했음을 알 수 있다. 이어 화가들이 많이 찾고 인삼차를 대표 메뉴로 하는 등 장사가 잘될 때도 있었지만 안타깝게도 호황은 1년도 못 가, 또 이전을 했음도 덧붙이고 있다.

한때 이상에 매료되었던 사람들이 다방 제비의 위치가 어디였는지 찾는 데 몰두한 바 있다. 「경성 다방 성쇠기」에는 종로 1정목이라고 되어 있는데, 정확한 위치는 종로 1정목 33번지로 종로통과 맞닿아 있는 위치였다. 지금으로는 종각역 1번 출구로 나와 광화문역 쪽으로 2~3분 정도 걸어가면 나오는 곳이다. 뒤에서 살펴볼 「끽다점평판기」라는 글에서도 종로네거리에서 서대문 쪽으로 10여 개의 가게를 지나면 오른쪽에 보인다고 했는데, 이 역시 앞선 위치와 어긋나지 않는다.

다방 제비에 관한 흔적을 찾을 수 있는 또 다른 글인 「끽다점평판기」는 1934년 5월 잡지 『삼천리』에 발표되었다. 「끽다점평판기」에는 '뿌라탄', 낙랑파라, 뽄아미, 멕시코 등 장곡천정과 종로에 자리 잡았던 다방의 특징에 관해 언급한 후 제비를 소개한다. 먼저 조선총독부 건축기사로 일했던 이상이 운영하는 곳임을 밝힌 후, 앞서 확인한 것처럼 종로네거리에서 서대문 방향으로 조금 가면 오른쪽에 보인다고 했다. 그런데 그 모습이 나일강변에 정박한 유람선같이 운치 있게 비껴서 있다고 했는데, 종로통에서 보면 제비가 위치했던 건물이 비스듬히 세워져 있었음을 알 수 있다.

> ▷ 더구나 컨면 벽은 컨부 유리로 깔엇는 것이 이색이다. 이러케 종로대가 엽혜 끼고 안컷느니 만치 이 집 독특히 인삼차나 마시면서 밧갓흘 내이다 보느라면 유리창 너머 페이부멘트 우로 여셩들의 구두빨이 지나가는 것이 아름다운 그림을 바라보듯 사람을 황홀케 한다.

인용문은 제비의 또 다른 특징에 관해 얘기하고 있다. 전면부를 유리로 장식해 종로를 걷는 사람들을 바라보면서 차를 마실 수 있다는 것이다. 손님들 가운데는 일본에 유학을 하고 돌아와 직업 없이 커피나 마시며 소일하는 유한청년이 많다고 했으니, 종로를 걷는 아름다운 여성들을 감상하면서 시간을 보낼 수 있는 제비가 인기가 있었을 것 같다. 여러 다방들 가운데 '조선의 정조'가 잘 담긴 제비라는 이름을 지녔다는 말로 마무리하는데, 앞선 특징을 떠올려보면 어쩐지 조선의 정조라는 말이 쓸쓸하게 다가온다.

1933년 10월 같은 잡지에 실린 「인테리 청년 성공 직업 (I)」이라는 글은 직접 제비를 소개하고 있지는 않지만 개업비용이나 수익 등을 파악하는 데 도움을 준다. 「인테리 청년 성공 직업 (I)」에서 다루고 있는 다방은 장곡천정에 문을 열었던 낙랑파라로, 「소설가 구보 씨의 일일」에서 구보 씨가 하루에 세 번씩이나 찾았던 그 다방이다.

이순석은 낙랑파라를 개업하기 위해 설비비 1,100원, 유동자본 500원, 선전비 30원에 기타 수수료를 조금 더 투자했다고 한다. 그리고 월별 매상은 300원, 들어가는 돈이 200원이라고 했으니, 순이익은 100원 정도 되었던 것 같다. 제비는 낙랑파라에 비해 크기도 작았고 매상도 시원찮았으니, 그것을 고려하면 대강의 개업비용과 수익을 짐작할 수 있을 것이다.

다방 제비가 처음부터 그렇게 장사가 안 되지는 않았다. 처음에는 당시 다방에서 판매하는 메뉴로는 고급스러운 인삼차를 파는 등 매상이 괜찮았다는 것은 앞서 확인했다. 물론 매상을 올리는 데는 박태원, 이태준, 김기림 등 구인회의 멤버나 이상과 막역했던 화가 구본웅의 역할이 컸음도 부정할 수는 없을 것이다.

하지만 개업 후 얼마 동안은 유니크한 외관과 내부 인테리어 덕분에 지인들뿐만 아니라 모던보이, 모던걸을 자처하던 손님들 역시 적지 않았다고 한다. 하지만 아무리 독특한 인테리어도 장사에 뜻이 없는 주인을 이길 수는 없어 개업한 지 2년째인 1935년 다른 주인의 손에 넘어가고 말았다.

장사에는 뜻이 없는

이상이 다방 제비를 차려 놓았지만 커피를 파는 데는 그다지 관심이 없었음은 박태원의 다른 소설 「애욕(愛慾)」에서도 나타난다. 「애욕」은 1934년 10월 6일부터 23일까지 『조선일보』에 연재된 소설인데, 박태원의 소설로는 「소설가 구보 씨의 일일」이나 『천변풍경』만큼 유명하지는 않다. 「애욕」에도 「소설가 구보 씨의 일일」과 마찬가지로 이상과 박태원을 모델로 한 인물이 등장한다.

「애욕」은 어두운 밤 젊은 남녀 한 쌍이 정동의 구석구석을 헤매는 것으로 시작된다. 흥미롭게도 늦은 밤 두 사람이 찾고 있었던 것은 '어둠'이었다. 어둠을 찾는 일이 만만치 않았던지 남자는 담뱃불을 붙이기 위해 성냥을 그어 대지만 목적을 이루지 못한다. 여자가 눈과 입가에 장난꾼 같은 웃음을 가득 띠고 방해했기 때문이다.

여기서 어둠을 찾다가 담배를 피우려는 남자가 이상인데, 그는 여자가 꽤나 마음에 들었나 보다. 평소 다니던

111

이상에게 연애를 유희로 여기는 여자에게 농락당하지 말라고 충고하는
박태원. 출처는 「애욕」, 『조선일보』 1934.10.20.

이화여자전문학교 앞을 지나 서대문으로 가는 길이 아니
라 더 어둡고 은밀한 방송국 넘어가는 길을 택하려 한 것
을 보면……. 하지만 끝내 자신들을 숨겨줄 어둠을 찾지
못한 두 사람은 서대문 근처에서 헤어진다.

　　헤어지며 그녀가 남긴 다시 전화하겠다는 말에 이상
은 다음날부터 다방의 전화 앞을 지킨다. 여기서 등장하는
다방은 독자들이 짐작하는 대로 제비다. 이상은 손님이 오
든 말든 여자의 전화만 기다리는데, 이상의 안달복달에도
불구하고 결과는 독자들이 생각하는 대로였다. 만나는 남
자만 해도 기창 씨, 창순 씨, 춘몽 씨 등 열 명도 넘는 그녀
가 이상과의 약속을 기억했을지조차 모르겠다.

　　올 리 없는 전화를 기다리며 혼자 속을 끓이던 이상은

절절한 연모를 담은 편지를 보내지만 그것마저 그녀에 의해 공개되어 사람들에게 조소의 대상이 되고 만다.

앞서 「소설가 구보 씨의 일일」을 살펴보면서, 다방 제비의 주인인 이상이 부재중인 경우가 많았음을 확인했다. 그런데 「애욕」을 보면, 그나마 다방에 있는 날도 여자의 전화를 기다리느라 장사는 안중에도 없었음을 알 수 있다.

「애욕」을 조금 더 들여다보자. 박태원도 이상의 헛된 연모를 더는 바라볼 수 없었던지 연애를 유희로 여기는 여자에게 농락당하지 말라고 충고한다. 옆의 삽화는 무거운 분위기가 느껴지는데, 다방 제비에서 박태원이 이상에게 충고를 하는 모습이다. 박태원의 충고에 이상은 웬일로 여자를 잊겠다고 한다. 친구의 진심 어린 얘기를 듣고 깨달은 바가 있었는지도 모르겠다. 그러고는 그날 밤 고향으로 돌아가 집에서 정해준 처자와 결혼하기로 굳게 마음을 다잡는다.

그렇다면 「애욕」은 어떻게 마무리되었을까? 소설의 결말은 이상이 서둘러 자동차를 불러 어디론가 향하는 것으로 끝난다. 이상은 자신이 결심한 것처럼 고향으로 돌아가 집안에서 약조한 처자와 결혼을 했을까? 안타깝게도 그건 아니었던 것 같다. 그가 탄 자동차가 향한 곳이 경성역이 아니었기 때문이다. 자신을 농락한 여자가 원남동 육고 아래에서 기다리겠다는 연락을 보내자 아까의 결심은 어디로 가고 이상은 정신없이 그녀가 있는 곳으로 향하고 만다.

「애욕」에서 이상은 박태원의 충고는 귓등으로 듣고 결

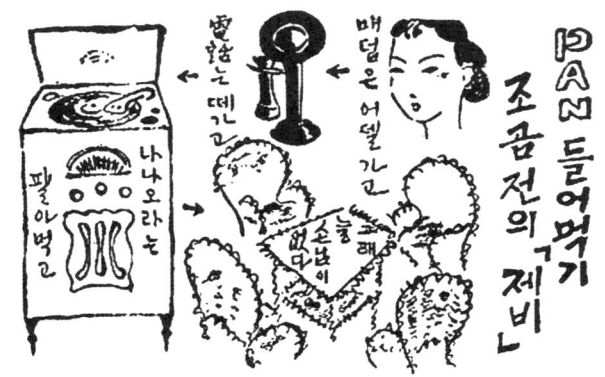

박태원이 다방 제비가 망하는 과정을 설명한 그림. 출처는 「제비」(상),
『조선일보』, 1939.2.22.

국 연애를 유희로 여기는 여자에게 달려간 것이었다. 이러한
이상의 모습을 보면 왜 다방의 운영이 시원찮았는지, 또 왜
그리 빨리 문을 닫아야 했는지 짐작이 간다. 「소설가 구보 씨
의 일일」과 「애욕」에서 은근한 말투로 친구의 무심함을 격
정했던 박태원은 「제비」라는 글에서는 조금 더 직접적으로
다방 제비가 망한 이유를 이야기한다. 「제비」는 이상이 세상
을 떠난 지 2년 후인 1939년 2월 『조선일보』에 두 차례에 걸
쳐 연재된 수필이다.

　　글은 다방 제비는 지금까지 있었던 찻집 중에 가장 슬
픈 찻집이며 이상은 가장 슬픈 동무였다는 말로 시작한다.
그러고는 본격적으로 제비를 소개하는데, 하얀 벽에는 다
른 장식이 없이 이상의 자화상만 있었다고 한다. 그러던
어느 날 자화상이 사라져 내부가 황량하게 변했는데, 이후

다방 역시 쇠퇴의 길을 걸었다는 것이다.

▷ 온 아무리 세월이 업느니 손님이 안 오느니 ㅎ-기로
그처럼 그처럼 한산한 찻집이 또 잇슬까? 언케 가 보아도
손님이란 별로 업섯고 심부름하는 수영이란 녀석은 아직
열여섯 살이나 그 박게 안 된 놈이 때때로 그곳에 놀러오는
이웃 카페 여급을 상대로 손님업는 첨 안에서 ㅅ`시덕거리고
낄낄거리고 그러는 것이엇다.

'그처럼'을 두 번씩이나 반복할 만큼 제비가 한산했다
는 박태원의 말에는 안타까움이 묻어난다. 손님도 없는 다
방에 심부름하는 아이는 왜 필요했는지 모르겠지만, 카페
여급과 농담이나 주고받으며 시간을 보내는 수영이에게는
꿀직장이었을 것 같다.

박태원은 언제 돌아올지 모르는 벗을 기다리다 그것
에도 지치면 수영이에게 돈을 주고 사과를 사 오라고 해
서 같이 먹기도 한다. 어떤 날은 귤을, 또 어떤 날은 군밤을
사다 먹으면서 기다려도, 이상은 뭐가 그리 바빴는지 당최
얼굴 보기가 힘들다. 이 장 말미에 있는 〈더 달아보기〉에
실린 삽화는 박태원과 수영이가 사과를 나눠 먹으며 다음
날은 군밤을 사 먹자고 하는 장면이다. 어떻게 보면 참으
로 평온한 모습이지만 사정을 알고 나면 우스꽝스럽고도
서글픈 광경이다.

정신없는 친구가 무엇을 한들

앞서 여러 글들을 통해 제비에 관해 살펴봤는데, 제비가 개업한 지 얼마 안 돼 망한 가장 큰 이유는 장사에는 마음이 없는 이상 때문으로 보인다. 얼핏 늘 다른 일로 자리를 비우는 분주함 때문인 것 같지만 그것 역시 장사에 뜻이 없는 데서 왔던 것이리라. 또 하나 제비가 서둘러 문을 닫았던 이유를 찾자면 결코 좋다고는 할 수 없던 커피 맛도 작용했던 것 같다.

박태원의 「제비」에는 여기에 대한 언급도 있다. 제비에서 일하는 아이 수영이는 가게 중앙에 걸려 있던 초상화 속 주인은 우스웠던지 거칠 것이 없었다. 수영이는 아침에 출근하면 불 위에 주전자 두 개를 올려놓고, 하나에는 커피를, 다른 하나에는 홍차를 달인다. 다방 제비에서 커피를 조리하는 방식이 원두와 물을 같이 넣고 끓이는 방식, 곧 '달임법(decoction)'이었음을 말해준다. 달임법 자체가 커피 맛을 살리는 것과는 거리가 있는 방식인데, 그것도 종일 푹 끓였으니 커피나 홍차가 맛이 있었을 리 없었다. 게다가 수영이가 손님을 맞는 것도 뭔가 이상하다.

▷ "무얼 드릴깝쇼?"

"저…… 나는 포트-랩. 자넨, 칼피스?"

"지금 안 되는뎁쇼. 무어 다른 걸루……"

"안돼? …… 그럼 소-다스이."

"그것도 안 되는뎁쇼."

"그것두 없다?…… 그럼 무어 되니?"

수영은 눈썹 하나 까딱 않고 천연스레 대답한다.

"홍차나 고-히나."

다방 제비를 방문한 눈치 없는 손님들은 맛있는 커피와 홍차를 두고 '칼피스', '소다수', '포트랩' 등을 시키기도 한다. 그래도 수영이는 기어이 자신이 준비한 커피와 홍차를 주문하게 해 5초도 안 되는 시간에 신속하게 내놓는다. 이를 보면 장사에 뜻이 없었던 이상과 함께 커피와 홍차만을 편애했던 수영이도 다방 제비가 서둘러 망하는 데 기여를 했던 것 같다.

흥미로운 사실은 장사에 마음이 없었던 것처럼 보이는 이상이 다방 제비를 말아먹은 이후에도 또 새로운 가게를 열었다는 것이다. 제비가 문을 닫게 되자 이상은 인사동에 위치한 '츠루(鶴)'라는 카페를 인수했다. 새로 개업하기 며칠 전 이상과 박태원이 손님인 척 카페 츠루에 들렀던 광경도 흥미롭다.

두 사람이 문을 열고 들어가자 손님은 물론 여급도 눈에 띄질 않아 카페 안은 황량한 벌판 같았다. 겨우 나와서 귀찮은 듯 손님을 맞는 여급에게 왜 이리 손님이 없냐고 묻자 주인이 바뀌어서 그렇다고 한다. 그러자 또 다른 여급이 얼굴을 찡그리며 이렇게 쏘아붙인다.

> ▷ "얘, 얘! 말두 마라. 쥔이 갈려도 별 수 업지. 그래 골르디 골라 이 집을 웨 산담? 새 주인이라는 작자 파닥질 좀 봣스면…….""
> 그리고 이상을 돌아보며, "그러치 안하요, 선생님? 누군지 몰라두 글쎄 여기서 무슨 장살 허겠다구 이 집을 삽니까?"
> 이상은 이케까지 말은 업시 콧털만 뽑으며 그들의 이야기를 듯고 잇다가, 그케서야 한마디 하엿다.
> "따는 참, 누군지 쳥신업는 친구로구먼. 그러치 안소, 구보?"

여급은 새로 인수한 주인이 무슨 장사를 하겠다고 하필이면 고르고 골라 이 집을 샀느냐며 혀를 찬다. 여급의 냉소적인 반응을 볼 때 제비를 넘기고 새로 인수한 츠루에서의 영업 역시 만만치 않았을 것임을 짐작할 수 있다. 하지만 여급의 비아냥에도 코털을 뽑는 데 열중하던 이상은 새 주인이 누군지 정신없는 친구라고 대꾸한다.

이상의 익살스러운 대꾸를 보면 츠루에서도 장사가 되든 말든 크게 타격감은 없었을 것 같다. 이상의 대꾸에 '정신이 없다마다, 아주 미친놈이 아니냐'고 맞장구를 쳤던 박태원 역시 무거운 마음으로 주인 없는 카페를 여전히 찾았을 것이고……. 하지만 어디에서도 정착하지 못하는 이상의 모습에는 식민지 지식인의 멍에가 자리 잡고 있는 것 같아 안타까움이 느껴진다.

그처럼 한산한 찻집이 있을까?

이 장에서는 이상이 운영했던 다방 제비에 대해 소개했다. 다방 제비에 관한 사연은 대부분 안타까운 것들이다. 경성에 있는 다방 가운데 손에 꼽을 정도로 손님이 없었다는 것, 정작 이상은 손님이 있든 없든 관심 없이 항상 분주했다는 것, 그래서 결국 개업한 지 얼마 안 돼 문을 닫았다는 것 등이다. 한편 대부분 간과하지만 다방 제비의 외관이 종로통을 향해 비스듬히 서 있어 유니크(unique)했다는 점, 또 전면에 통유리를 설치해 종로통을 바라보며 커피를 마실 수 있었다는 점, 그리고 내부 인테리어는 지나칠 정도로 단순했다는 점 등도 흥미롭다. 다방 제비의 독특한 외관과 내부는 건축을 전공했던 이상의 손길이 작용했을 것이다. 여기서는 이상의 막역한 친구였던 박태원이 다방 제비에 관해 쓴 글에 대해 조금 더 살펴보려 한다.

박태원, 「제비」, 『조선일보』, 1939년 2월 22일

'케비' 하-야케 발라노흔 벽에는 실내장식이라고 도무지 이상의 자화상이 하나 걸려 잇슬 뿐이엇다. 그것이 어느 날 황량한 별판(?)으로 변하얏다. '케비'가 그러케 변하얏다는 것이 아니라 그림 말이지만 결국은 '케비'도 매한가지다. 온 아무리 세월이 업느니 손님이 안 오느니 하기로 그처럼 그처럼 한산한 찻집이 또 잇슬까? 언제 가 보아도 손님이란 별로 업섯고 심부름하는 수영이란 녀석은 아직 열여섯 살이나 그박게 안 된 놈이 때때로 그곳에 놀러오는 이웃 카페 여급을 상대로 손님 업는 가게 안에서 시시덕거리고 킬킬거리고 그러는 것이엿다.

1939년 2월 『조선일보』에 실린 「제비」는 이상이 세상을 떠난 지 2년 후 발표된 글이다. 따라서 막역한 친구를 떠나보낸 박태원의 감정이 느껴지는데, 이상을 위해서였는지 막상 글은 슬픔을 감추고 있어 더욱 아련하게 다가온다.

글은 하얗게 칠한 벽에 장식이라고는 이상의 자화상만 걸려 있던 다방의 단순한 인테리어로부터 시작된다. 이어 어느 날 자화상이 사라져 황량하게 느껴졌는데, 그건

주인도 없는 다방 제비에서 사과를 나눠먹는 박태원과 수영이.
출처는 『조선일보』, 1939.2.23.

인테리어뿐만 아니라 다방의 운영도 그랬다고 했다. 그러고는 아무리 손님이 없어도 그처럼 한산한 찻집이 또 있겠느냐고 묻기도 한다.

뭐가 그리 바빴던지 늘 제비를 비우던 주인 대신 일을 하던 수영이라는 소년에 대해서도 얘기를 한다. 10대 중반 정도밖에 안 된 수영이는 가끔 제비에 놀러오던 이웃 카페 여급과 함께 낄낄거리기를 즐겼다는 것이다. 그런데 수영이의 입장에서는 그처럼 손님이 없는 찻집이었으니 달리할 일이 없었을 것 같기도 하다.

인용에 이어지는 부분에서는 박태원이 다방 제비를 찾을 때마다 이상을 만나지 못하고 수영이와 함께 시간을 보내는 얘기를 한다. 어느 날은 사과를 사서 나누어 먹고, 다른 날은 귤을, 또 다른 날은 군밤을 사서 먹었다는 것이다. 어찌 보면 한가하고 평온한 풍경으로 보이지만, 그 풍경 속에서도 가장 슬픈 동무의 슬픈 찻집이 어른거리는 것은 어쩔 수 없을 것 같다.

5장

"여기가 모두 한 사람의 점방이오?", 미쓰코시백화점

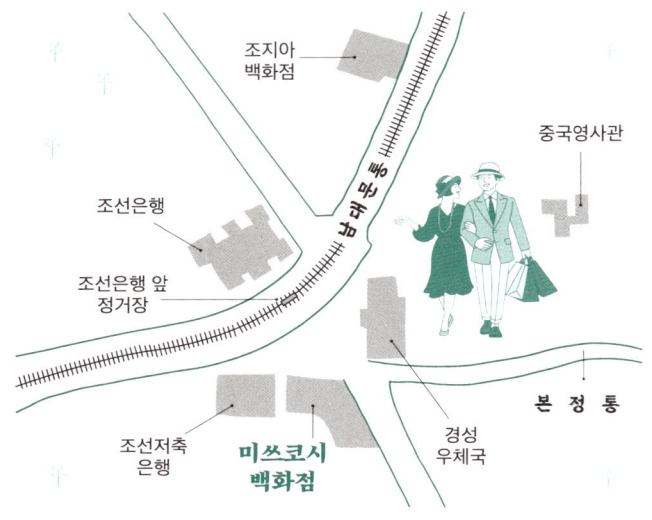

미쓰코시백화점은 식민지 시대 경성에서 가장 유명한 백화점이었다.
같은 본정에 미나카이, 조지아, 또 종로에 화신 등의 백화점이 있었지만
미쓰코시백화점의 명성을 따라잡기는 힘들었다. 미쓰코시백화점이 지금의
신세계백화점 본점 자리에 신축, 개장한 것은 1930년 10월이었다.
이전까지는 오복점이라는 낯선 이름으로 본정길 안쪽에 위치하고 있었다.
미쓰코시백화점은 웅장하고 화려한 건물에 온갖 종류의 상품을 갖추고 식민지
조선인의 눈길을 끌었다. 또 4층에 위치한 식당에서는 다양하고 맛있는 음식을
팔았다. 그런데 그 상품이나 음식 가운데 조선의 것은 없었다. 경성 최고의
백화점에서도 식민지라는 굴레는 작용하고 있었다.

'○○오복부'는 어디였을까?

김말봉의 대표작 가운데 『찔레꽃』이라는 소설이 있다. 앞서 창경원의 야앵을 살펴보면서 그녀의 소설 『밀림』은 거칠게 확인한 바 있다. 『밀림』을 통해 독자들을 사로잡았던 그녀는, 1937년 3월부터 10월까지 『조선일보』에 연재된 『찔레꽃』을 통해 베스트셀러 작가로 자리를 잡는다.

『찔레꽃』의 중심인물은 정순인데, 아버지의 병이 위중하게 되자 가족들의 생계를 위해 조만호 두취 집에 가정교사로 들어간다. 두취는 지금으로 말하면 은행장 정도 되는 직책인데, 소설에서 조 두취는 상당한 부를 지닌 인물로 그려진다. 조 두취에게는 아들 경구와 딸 경애가 있는데, 그나마 다행인 일은 경애가 정순과 친하게 지낸다는 것이다.

그날도 정순이 같이 찻집에 가자고 조르는 경애를 따라나선 길이었다. 즐거운 마음으로 집을 나서던 정순과 경애는 퇴근하던 조 두취를 마주친다. 찻집어 간다고 하면

미쓰코시백화점의 모습. 왼쪽에 보이는 건물은 경성우편국. 출처는
『사진엽서로 보는 근대풍경 4』(부산박물관 엮음, 민속원, 2009), 306쪽.

혼날 것 같았던지 경애는 아버지에게 살 게 있어 '○○오
복부'에 간다고 둘러댄다. 그러자 정순에게 흑심을 품은
조 두취도 자신도 그 근처에 갈 일이 있다며 없는 일정을
버젓이 만들어 낸다.

　　○○오복부에 간 경애는 아버지를 졸라 자신의 옷, 구
두, 화장품을 사고, 딸의 성화에 조 두취도 넥타이를 구매
한다. 정순은 쇼핑하는 경애를 따라다니지만 정작 쇼핑에
는 관심이 없다. 그러다가 경애가 뭐라도 사라고 조르자
내키진 않지만 손수건을 구매한다. 쇼핑을 마친 세 사람은
안내양이 친절하게 운행을 돕는 엘리베이터를 타고 식당
으로 향한다.

　　그런데 『찔레꽃』에 등장하는 ○○오복부는 어디였을

까? 어디였기에 세 사람이 쇼핑도 하고 또 쇼핑을 마치자 엘리베이터를 타고 식당으로 향했을까? 먼저 생소한 이름의 '오복부'부터 알아보자. 오복부의 한자 표기는 '呉服部'인데, 여기서 오복이란 기모노(着物), 곧 일본 전통 옷을 만드는 옷감을 뜻한다. 그러니 오복부는 주로 기모노용 옷감을 파는 고급 상점이었는데, 이후에는 옷을 직접 만들어 팔기도 했다.

그러면 '○○'으로 가려진 데는 무엇이 들어갈까? ○○에는 '삼월(三越)'이 들어가는데, 독자들에게는 '미쓰코시'라는 이름이 더 익숙할 것이다. 미쓰코시백화점이 1906년 일본 본점의 출장소 성격을 지니고 조선에 처음 진출했을 때 흔히 '삼월오복부' 혹은 '삼월오복준'이라고 불렀다. 당시까지는 본점의 물건에 대한 통신판매를 주로 하면서 소규모 잡화를 파는 정도였다.

미쓰코시백화점이 지금의 신세계백화점 콘점 자리로 옮겨 정식 백화점으로 개점한 것은 1930년이었다. 『찔레꽃』이 연재되던 시기는 이미 미쓰코시백화점이 문을 연 때였지만, 사람들은 여전히 삼월오복부, 삼월오복점 등의 이름으로 많이 불렀다. 백화점을 넣어서 부를 때도 미쓰코시백화점이 아니라 '삼월백화점'으로 부르는 게 되 흔했다.

이무영의 소설 『지축을 돌리는 사람들』은 미쓰코시백화점을 아래와 같이 묘사한다.

▽ 대통만한 골목에서 빵빵해진 배를 안고 어깨로 숨을
쉬든 삼월이 널따란 광장에 철퍼하니 안꼬는 거리를 향하야
그 커다란 입을 딱 벌니고 못마땅한 드시 다른 백화첨을
건너다보고 잇다.

앞서 얘기한 것처럼 미쓰코시백화점의 전신은 미쓰
코시오복점이었는데, 본정 1정목에 있다가 본정 입구 쪽에
건물을 신축해 새롭게 개장을 했다. 인용에서 좁은 골목에
서 빵빵해진 배를 안고 어깨로 숨을 쉬던 미쓰코시백화점
이 널따란 광장에 철퍽하니 앉았다는 언급은 이를 가리킨
것이다. 이전 후 본정 1정목 미쓰코시오복점이 있던 자리
에 들어선 것이 '가네보 서비스스테이션(鐘紡サービスステー
ション)'이라는 것도 흥미롭다.

『지축을 돌리는 사람들』에 나타난 언급처럼 미쓰코시
백화점은 1930년 10월 웅장하고 화려한 백화점의 모습을
갖추고 새롭게 개장했다. 당시 미쓰코시백화점의 주소는
본정 1정목 52번지로, 앞서 얘기한 것처럼 지금 신세계백
화점 본점이 있는 곳이다. 새롭게 개장한 지 얼마 안 돼 미
쓰코시백화점은 경성에서 가장 유명한 백화점으로 자리하
게 된다.

근처에 있던 '조지아(ジョージア)'나 '미나카이(三中井)'
등의 백화점도 신축을 서둘러 규모를 확장했지만, 미쓰코
시백화점의 명성을 따라잡기는 힘들었다. 그리고 그 과정

은 미쓰코시백화점이 조선은행 광장과 본정을 연결하는 랜드마크로 자리 잡는 것과 맞물려 있었다. 현저 신세계백화점 본점이 개장한 지 100년이 다 되어가는 건물을 본관으로 사용하고 있는 것도 여전히 남아있는 미쓰코시백화점의 아우라 때문인지도 모르겠다.

일본옷도 팔고, 서양옷도 팔고

1930년 10월 새롭게 개장한 미쓰코시백화점은 지상 4층, 지하 1층의 구조로 되어 있었다. 미쓰코시백화점이 들어선 곳은 이전 경성부 청사의 자리였다. 경성부 청사가 지금의 서울시청 자리로 옮기자, 그 땅을 미쓰코시에서 사들였다. 미쓰코시백화점의 건축 면적은 7,335제곱미터였는데, 일본 니혼바시(日本橋)에 위치했던 미쓰코시백화점 본점 넓이의 60퍼센트 정도 되었다. 그리고 1937년 10월 다시 증축해 9,240제곱미터로 더 넓어지게 된다.

미쓰코시백화점의 외관에 대해서는 한설야의 소설 『마음의 향촌』, 이경근의 소설 「차에서 만난 여자」 등의 도움을 받을 수 있다. 신축한 미쓰코시백화점을 쳐다보고 있으면 거대하고 높게 느껴진다고 말하는데, 건물이 주는 웅장한 분위기 때문에 실제보다도 더 크고 높게 느껴졌던 것 같다. 또 꼭대기에는 뉴스를 알리는 전깃불이 바쁘게 명멸한다고 되어 있는데, 미쓰코시백화점 옥상에 네온사인이 설치되어 있었다는 사실을 말해준다.

최독견의 소설 「명일」, 안석영의 소설 「성군」에는 미쓰코시백화점 입구의 모습이 소개되어 있다. 입구마다 손님들이 구매한 상품을 배달하는 점원과 그들이 타는 자전거가 가득했다고 한다. 배달 점원의 모습이 꼭 곡예단 원숭이 같다고 했는데, 10대 초, 중반의 아이들이 같은 유니폼을 입은 모습이 그렇게 보였던 것 같다.

이무영의 소설 「먼동이 틀 때」에는 여옥이라는 인물이 미쓰코시백화점에 들어가는 모습이 등장한다. 그녀는 백화점 입구 한복판에 목에 은여우 목도리를 한 유한부인이 서 있는 것을 발견한다. 들어가는 입구에 당시로서 고급 잡화였던 은여우 목도리를 한 마네킹이 세워져 있었던 것이다. 뒤의 층별 판매 상품을 통해 확인하겠지만 미쓰코시백화점에서 판매하던 상품 가운데 가장 인기가 있었던 것은 의류와 잡화였다.

그렇다면 각 층별로 판매했던 상품에 대해 구체적으로 살펴보자. 먼저 1층에는 화장품 가게, 구두 가게, 약국, 열차표 판매소와 함께 고급 식료품 매장이 있었다. 화장품이나 구두 매장은 지금 백화점에서도 1층에 있는 경우가 있으니까 그러려니 하고, 약국과 열차표 판매소가 자리하고 있었다는 것은 이채롭다. 또 지금은 보통 지하 1층에 있는 식료품 매장도 당시에는 1층에 위치했는데, 그것은 조지아, 미나카이 등 다른 백화점도 마찬가지였다.

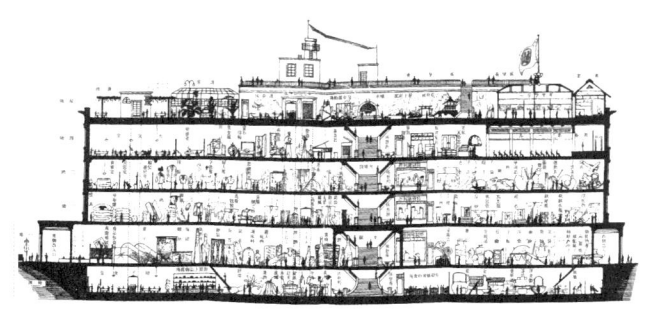
미쓰코시백화점 층별 안내도. 출처는 국립민속박물관.

　2층에는 일본 옷을 주로 파는 의류 매장이 있었다. 당시에는 옷감을 사서 맞춰 입는 경우가 대부분이어서, 기성복보다 맞춤복 매장이 많다. 3층은 양복, 양장, 양품 등 서양 옷이나 물건을 파는 매장이 있었다. 양복과 양장 역시 맞춰 입는 것이 일반적이라서 3층의 한편에는 옷을 가봉하거나 수선하는 공간도 구비되어 있었다.

　4층에는 식당과 커피숍을 겸한 백화점 식당이 자리하고 있었다. 테이블이 모두 28개, 의자는 130개에 달했다고 하니 당시로는 손꼽히는 대형 식당이었다. 앞서 살펴본 소설 『찔레꽃』에서 조 두취 일행이 들른 곳이 그곳이었다. 백화점 식당 입구에는 유리로 된 진열장 안에 식당에서 판매하는 음식 샘플이 먹음직스럽게 전시되어 있었다. 손님들은 샘플을 보고 먹을 음식을 선택한 후 그 옆에 있는 계산대에서 주문했는데, 이러한 방식이 처음 도입된 곳이 백화점 식당이었다.

5층에는 옥상정원이 있었다. 독자들에게는 「날개」의 '나'가 외박했다고 아내에게 두들겨 맞고 사는 게 옳은지 죽어야 할지 고민했던 공간으로 많이 알려져 있다. 옥상정원에는 차나 음료를 마실 수 있는 공간과 꽃과 화초를 파는 가게가 있었다. 당시에는 가족이 함께 쇼핑할 만한 곳도 드물었지만 나들이 할 공간 역시 부족했다. 백화점에서 옥상에 정원을 마련하고 꽃이나 화초를 전시하고 판매했던 것은 그 때문이었다.

특히 당시에는 높은 건물이 드물어서 차나 음료를 판매했던 백화점 옥상정원은 전망대로서의 역할 역시 훌륭하게 해냈다. 필자는 얼마 전 미쓰코시백화점으로는 처음 개장한 도쿄의 니혼바시점(日本橋店)에 다녀온 바 있다. 최고층에 올라가 보니 여전히 숲을 조성해 손님들이 산책하거나 쉴 수 있는 옥상정원으로 운영되고 있었다. 그곳에서 100년 전에 옥상정원을 방문했던 사람들은 어떤 느낌이었을까 하는 생각을 해 봤다.

엘리베이터 역시 미쓰코시백화점의 명물 가운데 하나였다. 특히 운행을 담당했던

미쓰코시백화점에서 쇼핑을 하는 조 두취 일행. 출처는 『조선일보』, 1937.4.13.

안내양, 곧 엘리베이터 걸은 손님들 사이에서 뜨거운 관심 거리였다. 당시 엘리베이터 걸은 선망 받는 직업이라서 손님을 응대하는 것도 지금보다 격식이 있었고 손님 역시 예의를 갖추었다고 한다. 식민지 시대 백화점 중에는 엘리베이터뿐 아니라 에스컬레이터가 설치된 곳도 있었다. 그렇다면 경성에서 처음 에스컬레이터를 설치한 백화점은 어디였을까? 역시 미쓰코시백화점이 아닐까 생각하겠지만 짐작과는 달리 에스컬레이터를 처음 설치한 백화점은 1937년 신축된 화신백화점이었다.

　미쓰코시백화점에서 각 층별로 판매했던 주력 상품을 살펴보면 일본을 거쳐 조선에 유입된 백화점의 기원에 접근할 수 있다. 앞서 미쓰코시백화점의 전신이 미쓰코시오복점이었으며, 오복점은 기모노용 옷감이나 옷을 파는 고급 상점이라는 것을 확인했다. 흥미로운 것은 같은 서양이라도 프랑스에서는 백화점이 양품점에서 비롯되었던 데 반해 영국에서는 식료품점에서 시작되었다. 이를 고려하면 일본을 거쳐 조선에 백화점이 자리 잡는 데는 영국보다 프랑스의 영향이 더욱 컸던 것으로 보인다.

미쓰꼬시 가서 난찌 먹구 가요

채만식의 대표작 가운데 『태평천하』라는 소설이 있다. 『태평천하』에 관해서는 2장 우미관을 구경하면서 잠시 살펴본 바 있다. 『태평천하』는 중심인물 윤직원을 둘러싸고 이런저런 일들이 얽히고설키면서 진행되지만, 그런 가운데도 윤직원의 욕심은 하나로 집약된다. 손녀벌인 어린 기생인 춘심이를 어떻게 해 보려는 낯뜨거운 욕심이 그것이다. 춘심이도 어린 나이와 어울리지 않게 그리 호락호락하지 않다. 아는 것인지 정말 모르고도 그러는 것인지, 윤직원의 애를 잔뜩 태워 놓고는 결정적인 순간에는 쏙 빠져나가는 일을 반복한다.

그날도 춘심이가 윤직원의 애를 태워 7원 50전짜리 반지를 사달라고 한 날이었다. 아침 일찍부터 찾아와 문제의 반지를 사달라고 춘심이가 칭얼거리자 윤직원도 울며겨자먹기로 따라나서게 된다. 당체 어울리지 않는 두 사람은 진고개 상가에 가서 더 비싼 10원짜리 반지를 윤직원의 어거지로 9원 10전에 샀다. 10원은 지금으로 따지면 40~50만원 정도에 해당된다.

집으로 돌아가던 도중 윤직원이 반지를 사준 대신 자신의 욕심을 채우려고 춘심이를 떠보는데, 역시 춘심이는 엉뚱한 얘기로 윤직원의 속셈을 벗어나려 한다.

▷ "우리 쩌기 미쓰꼬시 가서, 난찌 먹구 가요?"

"난찌? 난찌란 건 또 무어다냐?"

"난찌라구, 서양 즘심 말이에요."

"서양 즘심?"

"내애, 퍽 맛이 있어요!"

인용에서 '서양 점슴'이라고 한 '난찌'는 '런치(Lunch)'를 가리키는 것으로, 미쓰코시백화점 식당에서 점심에 한정해서 파는 메뉴였다. 돈가스, 함박스테이크, 라이스카레 등 인기 있는 몇 가지 음식을 하나의 접시에 담아서 제공했다. 저렴한 가격에 한 번 먹어보기도 힘든 서양요리 여러 가지를 맛볼 수 있어 손님들에게 가장 인기가 있었다. 그래서 미쓰코시백화점 식당에 갔다면 꼭 먹어야 하는 음식으로까지 대접받았다.

1930년대를 기준으로 하면 런치의 가격은 40전에서 50전 정도했다. 지금으로 따지면 2만 원에서 2만 5천 원에 해당되는 가격이다. 치킨라이스보다 조금 더 비쌌고, 라

미쓰코시백화점의 식당으로, 백화점의 최상층인 4층에 위치했다.

이스카레보다는 두 배 정도 했다. 당시 주로 종로통에 위치했던 조선 식당에서 장국밥, 비빔밥, 대구탕, 떡국 등을 15전 정도에 팔았으니, 그것보다는 세 배 정도 비쌌다.

런치가 인기를 얻자 미쓰코시백화점은 가족 단위의 손님을 끌기 위해 런치의 어린이 버전(version)인 '베이비런치(御子樣洋食)'를 판매하기도 했다. 베이비런치는 돈가스, 함박스테이크, 스파게티, 새우프라이, 볶은밥 등 아이들이 좋아하는 음식을 한 접시에 담아 제공했다. 볶음밥을 산 모양으로 만들어 거기에 미쓰코시백화점을 상징하는 '越'이 적힌 깃발을 꽂은 것도 독특했다.

미쓰코시백화점의 식당에서 파는 또 다른 메뉴는 어떤 것이 있었을까? 식당에서 팔았던 메뉴는 모두 40종 정도였는데, 크게 서양음식, 일본음식, 중국음식, 실과, 음료 등이 있었다. 메뉴를 보면 무언가 이상하다는 생각이 들

텐데, 거기에 대해서는 다시 얘기하겠다. 서양음식, 일본음식, 중국음식 등의 메뉴는 한 달에 한 번씩 부분적으로 교체를 했다고 한다.

일류를 표방했던 미쓰코시백화점의 식당에서는 서양음식, 실과, 음료만 직접 조리했다. 그렇다면 일본음식과 중국음식은 어떻게 제공했을까? 그것들은 미쓰코시백화점 근처에 위치한 고급음식점에서 만든 제품을 납품 받았다. 면류는 남산정의 '기쿠야(喜久屋)'에서, 장어요리와 덴푸라는 욱정의 '가와나가(川長)'에서, 스시는 명치정의 '스시히사(寿司久)'의 음식을 납품 받았다고 한다.

미쓰코시백화점의 식당 홀에서 일하는 종업원은 일본인 15명, 조선인 5명으로 모두 20명이었다. 그들은 모두 15세에서 18세 사이의 여성으로, 하얀 에이프런을 유니폼처럼 입고 날렵하게 서빙을 했다. 급여는 하루에 60전에서 80전 정도를 받았는데, 급여를 일당으로 받았다는 것도 흥미롭다. 오히려 주방에서 일하는 사람이 홀에서 서빙하는 직원보다 더 많았다. 주방에서는 모두 35명이나 되는 사람들이 음식을 조리하는 일을 했으니, 식당의 규모가 얼마나 컸는지 짐작할 수 있다.

미쓰코시백화점 식당은 맛있는 서양요리나 일본요리뿐만 아니라 커피 맛으로도 경성에서 1, 2위를 다투었다고 한다. 식당을 방문한 손님들은 앞서 얘기했던 10대 여자종업원의 서빙을 받으며 여유롭게 식사를 하고 커피를 마셨다. 식당의 축음기에서는 재즈나 클래식 음악이 흘러나와 공간에 우아한 분위기를 더했다. 조금은 혼잡하게 느껴지는 지금 백화점 식당가를 떠올려 보면 당시의 백화점 식당이 훨씬 고급스러웠음을 알 수 있다.

앞서 미쓰코시백화점 식당에서 판매했던 메뉴를 보면 무언가 이상하다는 생각이 든다고 했다. 그것은 메뉴 가운데 서양음식, 일본음식, 심지어 중국음식까지 있었지만 조선음식은 없었다는 사실이다. 화려하고 고급스러운 백화점에 자리 잡은 식당이었지만, 이곳에서도 식민지라는 그늘이 작용하고 있었다. 그리고 메뉴에 조선음식이 없었던 것은 조지아나 미나카이 등 본정에 위치한 백화점 모두에서 그랬다.

식민지라는 굴레

앞서 살펴본 것처럼 1906년 처음 경성에 진출한 미쓰코시
는 '출장대기소', '정식출장소' 등을 거쳐 백화점이라는 이
름을 달게 된다. 그 과정은 일본의 조선 강점과 함께 조선
으로 이주하는 일본인이 크게 늘어나는 것과 맞물려 있었
다. 정식으로 '미쓰코시백화점 경성지점'으로 승격된 것은
1929년 9월이었다. 이와 함께 1927년에 시작된 건물의 신
축공사 역시 4년 만인 1930년 10월 마무리되었다. 지금의
신세계백화점 본점 자리에 웅장하고 화려한 건물을 준공
하고 새롭게 문을 연 것은 이때였다.

식민지 시대 본정 주변에는 미쓰코시백화점 말고도
조지아, 미나카이 등의 백화점이 있었다. 조지아백화점은
1929년, 미쓰코시백화점은 1930년, 그리고 미나카이백화
점은 1934년으로, 세 백화점은 거의 비슷한 시기에 증축을
해 백화점다운 모습을 갖추었다. 세 백화점은 증축을 통해
모두 근대에 걸맞은 세련된 세련된 외관을 갖추었으며, 최

신식 시설 역시 경쟁적으로 도입했다. 하지만 조지아나 미나카이 백화점은 유명세나 고객 숫자에서 미쓰코시백화점을 따라갈 수 없었다.

백화점의 전신이 오복점이었음은 확인한 바 있다. 오복점으로 운영될 때는 상품을 전시해 놓지 않고 손님이 원하는 물건을 천

미쓰코시백화점 개장일에 1층과 2층을 연결하는 통로를 가득 메운 고객들. 출처는 『백화점, 근대의 별천지』 부산근대역사관, 2013.

막으로 차양 처진 곳에서 꺼내 오는 방식이었다. 미쓰코시는 백화점으로 새롭게 개장하기 위해 여러 차례 미국에 견학단을 파견해 전시와 판매 방식을 배우려는 노력을 기울였다. 백화점으로 변신하는 것과 함께 상품을 손님들에게 '보여주는' 공간으로 연출했으며 손님들 역시 전시되어 있는 이미지 자체를 소비하기 시작했다. 화려한 조명 아래 우아하게 전시된 상품들에 현혹된 것은 미쓰코시백화점을 찾는 조선인들도 마찬가지였다.

밝은 면이 있으면 어두운 면 역시 함께 하기 마련이었는데, 식민지라는 굴레는 그늘을 더욱 어둡게 만들었다. 앞

서 미쓰코시백화점의 층별 구조와 매장을 살펴본 바 있었다. 거기에는 일본이나 서양 의류와 용품 매장은 있었지만 조선의 상품을 판매하는 곳은 없었다. 관광 상품 매장에서 토산품이라는 이름으로 파는 상품은 있었지만, 이는 원주민들의 물건도 판매한다는 눈요깃거리에 불과했다.

박태원의 대표작 『천변풍경』을 보면, 하나코가 사이상, 곧 최진국과 결혼 준비를 하는 장면이 등장한다. 사이상은 원래 하나코가 일하는 카페의 단골손님이었는데, 끈질긴 구혼 요청을 하나코가 받아들인 것이었다. 기미코는 여급이 부잣집 맏며느리로 들어가는 혼인이 결코 행복하지 않을 것임을 알고 강경하게 반대하지만, 막상 혼인이 결정되자 친정어머니처럼 혼수를 챙기는 모습을 보인다. 소설에는 기미코, 하나코, 금순이 등이 하나코의 혼수를 장만하러 가는 장면도 등장하는데, 그들이 방문한 곳은 화신백화점이었다. 거기에는 본정에 위치한 백화점에서 조선의 물건을 판매하지 않았던 이유 역시 크게 작용하고 있었을 것이다.

조선의 것을 다루지 않았던 것은 식당에서도 마찬가지였다. 앞서 미쓰코시를 비롯해 조지아, 미나카이 등 본정에서 일본인이 운영했던 백화점 식당에서 서양과 일본 요리, 심지어 중국요리도 팔았지만 조선음식은 판매하지 않았다는 사실을 확인했다. 종로에 위치했던 화신백화점의 식당에서 조선음식을 팔기 시작했을 때 조선인 손님들에게 큰 호응을 얻었던 것도 그 때문이었다.

미쓰코시백화점의 손님 비율은 조선인과 일본인이 각각 30퍼센트, 70퍼센트 정도 되었다고 한다. 일본인에 비해서는 적었지만, 백화점 입장에서 30퍼센트를 차지하는 조선인 손님 역시 무시할 수 없는 존재였을 것이다. 그런데도 미쓰코시백화점을 비롯해 조지아나 미나카이 백화점 등이 조선에 체류하던 일본인만을 손님으로 삼았던 이유는 무엇이었을까?

이들 백화점의 주된 고객층은 관청과 기업에서 근무하는 일본인이었는데, 그들 대부분은 총독부와 관계된 관리거나, 무역회사나 금융회사에서 근무하는 사원들이었다. 식민지 조선에서 근무한다는 명분으로 일본에서 같은 일을 하는 것보다 2배에 가까운 급여를 받았던 이들의 소비 능력은 미쓰코시를 비롯한 조지아, 미나카이 등의 백화점에서 무시하지 못할 정도로 컸다. 이런 상황에서 극히 일부를 제외한 조선인들은 백화점 입장에서 그저 돈이 되지 않는 식민지인에 불과했던 것이다.

이를 고려하면 미쓰코시백화점은 경성에 위치하고는 있었지만 식민지를 지배하고 관리하는 제국을 위한 공간이었음을 알 수 있다. 그리고 백화점이 손님으로 상정한 잠정적인 타깃 역시 조선에 이주하거나 체류하는 식민자 일본인이었다. 사실 이는 미쓰코시 출장대기소가 조선에 체류하는 일본인을 대상으로 도쿄 본점의 상품을 통신 판매했을 때부터 일관된 기조였다.

　1930년대 후반이 되면 경성의 인구가 70만 명이 되고 1940년에는 100만 명을 넘어서게 되었다. 조선과 일본 전체로 따져도 경성은 도쿄 다음으로 크고 인구가 많은 도시였다. 하지만 경성의 인구가 급격히 늘어나며 조선인 손님의 비중이 증가했더라도 일본인이 운영했던 백화점의 영업 방침은 변하지 않았다. 아무리 그 숫자가 늘어났더라도, 일본인에게 식민지인은 식민지인에 불과했기 때문이었다.

경성의 별천지, 백화점

1930년 9월 새롭게 신축, 개장한 미쓰코시백화점은 웅장하고 세련된 외관으로 경성 사람들의 눈을 사로잡았다. 또 각 층마다 다양한 상품을 전시해 두고 일본인은 물론 조선인의 소비 욕구를 자극했다. 그렇지만 미쓰코시백화점에서 조선 물산을 판매하지 않았다는 것, 또 식당 메뉴에 조선음식은 없었다는 것을 통해 그 한계 역시 분명했음도 확인한 바 있다. 여기서는 조선 사람들에게 미쓰코시백화점은 어떤 공간으로 다가왔는지를 말해주는 글 두 편을 살펴보겠다.

「싀골학생이 처음 본 서울」, 『별건곤』 50호, 1932년 4월.

백화뎜이다. 드러가도 조흔지 안 조흔지 한참 망설거렷다. 산가치 싸인 물건이 요지경 속 가리 조키도 하지만은 고루고루 보자니 눈이 뻑뻑해진다. (……) 10컨 균일 싸기도 하다. 이왕이면 나도 좀 사자. 우선, 쉬수수건, 치분, 칫솔, 왜비누갑 1원 한 장으로 거실러 밧고 녀점원이 고히 싸주는 뭉텡이를 겨드랑에 끼니 구경하기에 한결 떳떳하다. 식당 안혜 느려노은 음식 먹고 십기는 하나 일홈도 모르거니와 첫재 갑슬 몰라 겁기 나서 못드러가 먹겟다. 남타는 승강기니 나도 한번 타볼까 사람들을 비집고 드러가서 "표 찍으시요!" 소리가 날까바 미리부터 죽기 봉창에 손을 너코 구멱 뚜러진 돈 한 푼을 꼭 쥐엇다.

먼저 1932년 4월 잡지 『별건곤』에 실린 「싀골학생이 처음 본 서울」은 경성을 처음 방문한 시골 학생이 백화점에서 겪은 일을 다룬 글이다. 글을 보면 익숙하지 않은 사람은 백화점에 들어가는 것부터 망설여졌음을 알 수 있다. 또 산같이 쌓여 있는 수많은 상품에 정신을 빼앗기는데 정작 산 것은 10전 균일가로 파는 상품이다. 식당 앞에 가서도 전시된 음식을 먹고 싶었지만 이름도, 가격도 몰라 포기하고 만다. 승강기를 타면서는 당연히 돈을 내야 하는 줄 알고 주머니를 뒤지는 모습은 재미있으면서도 무언가 씁쓸하기도 하다.

쌍S생, 「대경성광무곡(大京城狂舞曲)」, 『별건곤』 18호, 1929년 1월.

여긔가 미쓰꼬시라오. 드러가 봅시다. 옷재 으리으리한데 하면서 구두의 먼지를 털고 드러가니 아래층 음식과자 파는 데서는 녀자가 포도주병을 들고 왓다갓다 갓다왓다 대단히 분망하다. 2층으로 가니 거긔는 일본 옷감뿐, 3층에 가넛가 작란감 학용품 아동복 치마감. (……) 식당에는 늙은 마나님 두 분이 안커서 "물 좀 주어! 물! 물!" 하면서 입에 손을 대고 벙어리 행세를 하더니 "미수, 미수, 좀 주어!" 한다. (……) 사는 물건도 업고 골라보려고도 안하고 그냥 3층 위로 올러왓다가 나려갓다가 또 올러왓다가 휘휘 둘러보고는 또 나려가고 세 번이나 휘도는 녀자도 잇다.

1929년 1월 역시 같은 잡지 『별건곤』에 실린 「대경성광무곡」은 미쓰코시백화점을 방문한 필자가 백화점의 구석구석을 소개한다. 백화점에 입장할 때는 역시 구두의 먼지를 털고 들어갈 정도로 위압적이었다고 한다. 식료품을 파는 1층에서는 점원이 포도주병을 들고 분주히 오가고, 의류 매장인 2층에는 일본 옷감만 가득하다고 푸념한다. 아동용품 매장인 3층을 거쳐 들른 4층 식당에서는 조선말이 통하지 않아 애를 먹는 나이든 여성들도 보게 된다. 또 상품을 고르거나 살 생각도 없이 계속 백화점을 서성대는 여성을 보고 어떤 여성인지 궁금해 하는 장면도 흥미롭다.

6장

"그곳 2층이라면 가겠어요.",
명치제과

명치제과는 경성에서 가장 유명한 제과점이었다. 식민지 조선에서
삼영제과와 치열하게 경쟁했는데, 둘의 경쟁은 일본에서부터 시작된
것이었다. 한 가지 아이러니는 제과점이었지만 명치제과에서 정작
손님들에게 가장 인기가 있는 메뉴는 커피였다는 점이다. 명치제과는 본정
2정목에 위치하고 있었는데, 지금으로는 명동 CGV 근처이다. 명치제과의
또 다른 특징은 1층과 2층이 다른 구조로 되어 있었다는 것이다. 1층은
박스형 좌석으로 해 연인들을 타깃으로 했고, 2층은 개방형으로 만들어 편한
분위기를 원하는 손님들이 주로 찾았다. 여기서는 명치제과의 커피 맛을
음미하고, 다른 구조로 되었다는 1층과 2층도 구경해 보자.

기다리기나 했던 것처럼

이태준의 소설 가운데 1936년 1월에 발표된 「장마」가 있다. 이태준에 대해서는 2장에서 '우미관'을 살펴보면서 거칠게 확인한 바 있다. 그는 1930년대 '구인회'의 좌장 역할을 하면서 신문에 다수의 장편소설을 발표했다. 「장마」는 신문은 아니고 잡지 『조광』에 실린 단편소설이다.

2주 넘게 장마가 계속되면서 집에 머무는 시간이 많아지자 「장마」의 중심인물 '나'는 아내와 자주 말다툼을 하게 된다. 아내는 집에만 있는 '나'의 무능을 탓하며, '나'도 아내의 행동에 사사건건 꼬투리를 잡는다. 「장마」에 등장하는 '나'는 실제 작가 이태준을 투영한 인물이다.

'나'가 오랜만에 외출할 마음을 먹은 것도 아내와의 불편한 분위기를 피하려는 생각에서였다. 그러고는 아래와 같이 외출에 명분을 마련한다.

▷ 사무적 소속을 갖지 아는 이상이나 구보(仇甫) 같은 이는

혹 나보다 더 무성한 수염으로 커피잔을 아페 노코, 무료히 안잣슬런지도 모른다. 그러다가 내가 들어서면 마치 나를 기다리기나 하고 이섯던 것처럼 반가이 맞아줄는지도 모른다. 그리고 요즘 자기들이 일근 작품 중에서 어느 하나를 나에게 읽기를 권하는 것을 비롯하여 나의 곰팡이 슨 창작욕을 자극해주는 이야기까지 해줄런지도 모른다.

인용문에는 다방에라도 가면 이상이나 박태원 같은 작자가 무료히 앉아 있다가 반가이 맞아줄 거라고 한다. 사무적 소속이 없다고 점잖게 얘기했지만 백수라는 말이 더 적절한 표현일 텐데, 물론 거기에는 '나'까지 포함된다. 사실 인용문 앞에는 오전 11시라 이른 시간이지만 그래도 '여기'에 가면이라는 구절이 있는데, 이른 시간에 다방에라도 갈 궁리를 하는 것 역시 이들의 처지를 잘 보여준다.

'여기'란 아마 이태준을 비롯해 이상, 박태원 등 구인회 성원들이 자주 만나는 곳이었을 텐데, 그곳은 어디였을까? 하나는 '낙랑파라(樂浪パーラ)'였고, 다른 하나는 이 글에서 살펴보려는 '명치제과(明治製菓)'였다. 낙랑파라는 다방 제비를 살펴보면서 잠깐 구경했지만, 1932년 7월 도쿄미술학교 도안과를 졸업한 이순석이 개업한 다방이었다. 구인회뿐만 아니라 화가들의 모임이었던 '목일회(木日會)' 등 마땅히 갈 곳 없던 예술가들에게 소일처를 제공했다.

다시 「장마」로 돌아가 보자. '나'는 이른 시간임에도 이상이나 박태원이 있으리라고 고대하며 다방을 찾는다.

> ▽ 문만 밀고 들어서면 누구나 한 사람쯤은 아는 얼굴이
> 안잣다가 반가이 눈짓을 해줄 것만 갓다. 긴장혜
> 들어서서는 안잣는 사람부터 둘러보앗다. 그러나 원체
> 손님도 젹거니와 모두 나를 쳐다보고는 이내 시치미를 떼고
> 돌려 버리는 얼굴뿐이다.

고대했던 이상이나 박태원이 없어서 그랬겠지만, 그
곳 분위기는 '나'의 기대와는 딴판이었다. 앉아 있는 손님
부터 둘러봤지만 모두 한 번 보고는 시치미를 떼고 고개를
돌려버린다. 이어지는 부분에서 '나'는 그들이 흔히 만나는
얼굴이지만 숫제 처음 보는 얼굴만 못하다고까지 말한다.
　　그러면서 그들이 '저자는 무얼 해 먹고 살기에 벌써부
터 찻집 출근이람?' 하며 자신을 멸시할 것이라는 자격지
심을 가지기도 한다. 그런데 사실 그 멸시는 자신이 그들
에게 가지는 속마음이기도 했다. 이태준의 소설을 보면 명
치제과 역시 낙랑파라와 함께 사무적 소속이 없는 젊음들
이 소일하는 곳으로 그려져 있다.

왜 제과점에서 커피를?

명치제과는 지금도 메이지제과로 운영되고 있는 기업이다. 식민지 시대에 발행된 『대경성사진첩(大京城寫眞帖)』에는 명치제과를 조선을 통틀어 과자, 사탕, 유제품 등으로 가장 유명한 곳이라고 했다. 또 본정 2정목에 '끽다부(喫茶部)'가 있다고 했는데, 그곳이 흔히 명치제과로 불렸던 곳이었다. 명치제과 혹은 명치제과 매점이라고 했지만, 정확한 이름은 '명치제과 경성판매점'이었다. 명치제과는 먼저 조선에 진출한 '삼영제과(森永製菓)'와 치열하게 경쟁했는데, 삼영제과는 모리나가제과로도 많이 알려져 있다.

명치제과의 정확한 주소는 본정 2정목 80번지였다. 경성우편국 옆 본정통 입구로 들어가면 우측에 히라타(平田)와 미나카이(三中井) 백화점이 있었다. 거기서 본정 2정목으로 조금 더 들어가면 오른쪽에 명치제과의 3층 건물이 나타났다. 사진은 본정 2정목에 위치했던 명치제과의 전경이다.

명치제과의 메뉴를 파악하는 데 도움을 주는 소설로는 역시 이태준의 『청춘무성』이 있다. 『청춘무성』은 이태준의 소설로, 1940년 3월부터 8월까지 『조선일보』에 연재되었다. 소설이 미완인 상태로 연재가 중단되었는데, 『조선일보』가 1940년 8월 11일을 마지막으로 폐간되었기 때문이다. 소설의 완성은 1940년

본정 2정목에 위치했던 명치제과의 3층 건물 전경. 출처는 『대경성사진첩(大京城寫眞帖)』, 중앙정보선만지사편 (中央情報鮮滿支社編), 1937.

11월 '박문서관'에서 단행본으로 간행하면서였다.

　『청춘무성』은 원치원, 고은심, 최득주 등 세 사람의 애정과 갈등을 그렸다. 중심인물 가운데 한 명인 은심은 유복한 가정에서 자라나 밝고 쾌활한 성격을 지닌 학생인데, 성격처럼 학교 교목으로 일하는 치원에게 이성으로서의 감정도 숨기지 않는다. 하루는 은심이 본정 산책을 나갔다가 '가네보' 앞에서 우연히 친구들을 만난다.

　여기서 가네보는 미쓰코시백화점을 살펴볼 때 확인했던 가네보 서비스스테이션을 가리킨다. 은심과 친구들

은 반가운 마음에 모두 함께 명치제과로 향한다. 가네보에도 1층에 '프루츠팔러(フルーッパーラー)'라는 식사와 음료를 할 수 있는 공간이 있었는데, 굳이 본정 길로 더 들어가 명치제과를 찾은 것도 흥미롭다. 소설에는 명치제과에 간 장면이 다음과 같이 그려져 있다.

> ▷ 이들은 한패를 지어 '명치케과'로 갔다. 아직 오천 중이어서 '박스'는 여기커기 비어 있었다. 케일 구석 '박스'를 차지하고,
> "난 커피!"
> "난 초콜릿!"
> "난 레몬티!"
> 하고, 무엇보다도 웃음에 주렸던 것처럼 시시덕댄다.

『청춘무성』에서 명치제과 1층 박스형 좌석에 자리 잡은 은심과 친구들은 커피, 초콜릿, 레몬티를 주문한다. 여기에서 은심의 일행이 주문한 초콜릿은 과자가 아니라 핫초코 혹은 코코아라고 불리는 음료로 보인다. 은심과 친구들의 발랄함을 통해 명치제과에서 판매했던 메뉴에 대해서도 알 수 있다. 명치제과에서는 자사에서 생산하는 초콜릿, 캐러멜, 비스킷 등 과자와 우유, 코코아 등 음료를 판매했다.

또 김남천의 소설 『사랑의 수족관』에는 경희와 현순

이 명치제과에서 만나는 장면이 나오는데, 경희가 먼저 와서 커피를 마시고 있자, 잠시 후 도착한 현순은 '뽀오도랍프'를 주문한다. '뽀오도랍프'는 'ポートラップ', 곧 '포틀랩(portlap)'이라는 음료로, 뜨거운 물에 붉은 와인과 설탕을 넣은 것이다. 앞서 살펴본 다방 제비에서도 눈치 없는 손님이 커피와 홍차 대신 시킨 것으로 보아, 식민지 시대 다방에서 드물지 않던 메뉴로 보인다.

그런데 제과점이라는 이름을 달고 자기 회사에서 생산되는 제품을 판매했지만 명치제과를 찾는 손님들이 가장 많이 찾는 메뉴는 오히려 커피였다. 1930년 9월 본정 2정목에 처음 문을 열 때 광고에 '제과'와 함께 '끽다'를 두드러지게 강조한 이유 역시 이와 맞물리는 것이었다. 『밀림』, 『딸 삼형제』, 『명일』 등 식민지 시대 소설들에 명치제과에서 축음기로 '재즈(jazz)'를 들으며 커피를 마셨다는 얘기가 심심치 않게 나오는 것 역시 마찬가지의 이유에서였을 것이다.

앞장에서 1938년 6월 잡지 『청색지』에 실린 「경성 다방 성쇠기」라는 글에 대해서 살펴본 바 있다. '노다객(老茶客)'이라는 필명으로 쓴 글로, 그때까지 개장하거나 폐업한 경성의 다방에 대해 논의한 글이었다. 「경성 다방 성쇠기」는 명치제과에 대해서는 다음과 같이 짧게 언급하고 있다.

▷ 그 뒤 2년인가 지나 본청에 명과(明果)가 개첨을 하여

정말 맛있는 가배(珈琲)를 먹여 이후 차 맛을 따라 모이는
손들을 끌거니와 (……)

    인용문에서 '그 뒤'라고 되어 있는 것은 조선인이 처음 문을 연 '카카듀'가 등장한 뒤니까, 카카듀가 문을 열고 2년 후 명치제과가 개업했음을 뜻한다. 명치제과를 '명과'라고 부른 것도 흥미로운 부분인데, 거기에 대해서는 소설 『딸 삼형제』를 통해 얘기하겠다. 여기서는 정말 구미에 맞는 커피를 판매해 이후 손님들이 맛있는 커피를 찾아다니는 선구가 되었다는 것부터 확인을 해 보자.

    앞서 다방 제비를 살펴보면서 그곳에서 팔던 커피 맛이 없었으며, 그것이 종일 물에 원두를 넣고 끓였던 달임법 때문이었음을 확인한 바 있다. 그런데 식민지 시대 종로에 위치한 다른 다방에서 끓여 내오는 커피 맛도 썩 다르지 않았던 것 같다. '힝기레밍그레한 게 맹물 쉼직한 맛'이라고도 하고, '군물이 도는 것이 당최 구미가 당기지 않는 맛'이라고까지 했다.

    이와는 달리 명치제과에서 판매했던 커피는 정말 맛있어 이후 입맛에 맞는 커피를 파는 다방을 찾아다니는 유행을 만들었다고 했다. 명치제과의 커피가 맛있던 것은 분쇄된 커피에 뜨거운 물을 붓는 '우려내기(infusion)' 방식으로 커피를 추출한 데 따른 것으로 보인다. 특히 당시 개발된 '피컬레이터(percolator)'의 압력을 통해 커피를 추출함에

따라 진한 맛과 향이 살아있는 커피를 제공했다.

조선에서 판매했던 명치제과의 과자들. 출처는 『동아일보』, 1930. 12. 15.

물론 거기에는 원산지에서 직접 공수해 온 질 좋은 원두 역시 영향을 미쳤을 것이다. 식민지 시대 소설을 보면 경성에서 맛있기로 손꼽히는 다방은 명치제과와 함께 미쓰코시 백화점 식당, 가네보 프루츠팔러 등이었는데, 이들 다방에서도 선구적으로 피컬레이터를 통한 우려내기 방식을 사용했던 것으로 보인다.

명치제과의 이름이 '명치제과 경성판대점'이라는 데서 나타나듯 명치제과 역시 일본에서 문을 연 회사였다. 일본에서 명치제과가 설립된 것은 1916년이었다. 일본에서도 명치제과는 자사에서 생산하는 과자나 음료를 파는 판매소였는데 왜 커피가 가장 인기가 있는 메뉴로 자리 잡았을까?

일본에 커피가 본격적으로 전해진 것은 1860년대 전후였다. 처음에는 '요코하마(橫浜)'나 '고베(神戸)' 등 외국인 거류지가 있는 곳에서였지만, 1870년대 이후 일본인들도 커피를 찾기 시작하자 고베나 도쿄의 '니혼바시(日本橋)' 등에 위치한 극장이나 상가에는 커피를 판매하는 가게와 수입 식료품상이 들어섰다.

1890년대가 되자 도쿄의 혼고(本郷)에 '아오키도(青木堂)'가 문을 열었고, 긴자 근처에 '우롱티(ウーロンティ)'라는 이름의 타이완 찻집이 들어섰다. 아오키도는 일본의 대표적인 근대작가인 '나츠메 소세키(夏目漱石)'의 『산시로(三四郎)』에도 등장한 바 있다. 이들의 개장과 함께 제과점에서 과자, 빵, 우유 등과 함께 커피를 판매하는 것도 관행을 이루었는데, 역시 가장 인기가 있었던 것은 커피였다고 한다. 1920, 1930년대 커피를 마시는 공간으로 전문적인 끽다점과 백화점 식당 등이 자리 잡기 전까지 이어졌으니 제과점에서 커피를 팔았던 역사도 짧다고는 할 수 없겠다.

편안한 2층, 은밀한 1층

역시 이태준이 쓴 소설 가운데 『딸 삼형제』가 있다. 1937년 2월부터 7월까지 『동아일보』에 연재되었다. 『딸 삼형제』는 제목처럼 정매, 정란, 정국 등 세 자매를 중심으로 소설이 전개된다. 이들 세 자매는 당시 여성들의 각기 다른 가치관과 연애관을 보여주고 있어 흥미롭다.

세 자매 중 맏이인 정매는 혼인을 했으나 남편이 하녀에게 추근거리는 모습을 보고 충격을 받아 친정으로 돌아온다. 그러던 가운데 어머니는 세상을 더나고 첩에 눈이 먼 아버지는 가정을 멀리한다. 부모 대신 두 동생들을 돌보며 살기로 결심한 정매는 종로에 있는 회사에 타이피스트로 취직한다. 필조 역시 정매와 같이 입사한 인물로, 두 사람은 사무실에서 처음 볼 때부터 서로 호감을 느꼈다.

『딸 삼형제』에서 필조는 무척 답답한 인물로 그려져 있는데, 하루는 어떤 일인지 정매에게 같이 본정에 가서 차를 마시자는 제안을 한다.

▽ "어디…… 본청 쪽으로 좀 안 나가시겠어요?"

"저 가친 안 나가요."

(……)

"어디서 기다리신댐……."

"오시긴 하시겠어요?"

"갈 수 있는 데면요."

"명치케과로 오시겠어요?"

"2층이면요."

필조의 제안에 정매는 같이 나가기는 싫다며 먼저 가서 기다리면 가겠다고 한다. 남자와 함께 걸어가는 것을 꺼리는 정매를 통해 1930년대 후반 애정의 풍속도를 그려볼 수 있다. 그런데 이후 대화가 더욱 흥미롭다. 필조가 명치제과는 어떠냐고 묻자 정매가 2층이면 괜찮다고 한다. 명치제과는 1층과 2층에서 영업을 했다. 그런데 정매가 유독 명치제과의 2층을 고집한 이유는 무엇일까?

궁금증은 잠시 미루어 두고 두 사람이 '무사히' 만났는지부터 살펴보자. 정매가 조금 시간을 두고 명치제과 2층에 들르자, 필조는 가장 구석진 테이블에 앉아 기다리고 있었다. 두 사람의 첫 데이트는 이렇게 시작되었다. 명치제과에서 정매는 아이스크림을, 필조는 커피를 시킨다. 정매는 아이스크림이 나오자 복숭아 꽃빛처럼 붉은 빛깔이 곱지 않느냐고 묻는다. 그러자 필조는 대답을 얼버무

『딸 삼형제』에서 명치제과 2층에서 만난 정매와 필조. 출처는 『동아일보』,
1930. 6. 3.

리는데 속으로는 정매의 입술이 더 곱다고 생각한다. 아마
단단히 반한 모양이다.

명치제과 1층과 2층의 차이가 있었음을 말해주는 또
다른 소설은 최독견의 『명일』이다. 최독견은 독자들에게
통속소설 작가로 알려진 인물인데, 『승방비곡』, 『향원염
사』 등이 대표작이다. 그런데 그는 1932년 1월부터 다음해
3월까지 『조선일보』에 『명일』이라는 소설을 연재하는데,
소설에는 신철과 순경이 명치제과를 방문하는 장면이 나
온다.

두 사람은 미쓰코시백화점에서 호분을 사서 집으로
배달시키고 차를 마시러 가기로 한다. 미쓰코시백화점에
서 화분을 산 것을 보면 5장에서 확인한 옥상정원에 위치

한 꽃집에 들렀던 것 같다. 신철에게 마음이 있었던 순경은 호젓한 찻집으로 가려 했지만 신철은 커피 맛이 가장 좋다며 명치제과를 고집한다. 이 커플 가운데는 순경의 좋아하는 감정이 더 컸나 보다.

여기서도 주목해야 할 부분은 명치제과에 간 두 사람이 서로 다른 층으로 가려고 했던 것이다. 신철이 별생각 없이 2층으로 가려 하자 순경이 아등바등 졸라 결국 두 사람은 1층에 자리를 잡게 된다. 『명일』에는 두 사람이 자리 잡은 명치제과 1층은 식탁 밑으로는 무릎과 무릎이, 식탁 위로는 머리와 머리가 닿을 정도라고 되어 있다. 이를 보면 순경을 왜 그렇게 1층을 고집했는지 어느 정도 알 수 있겠다.

『딸 삼형제』에서 정매는 명치제과 2층이면 만나러 가겠다고 하고, 『명일』에서 순경은 2층으로 향하는 신철에게 아등바등 졸라 결국 1층에 가서 자리를 잡는다. 명치제과에 가면 유독 1층이나 2층을 원했던 것은 전망 때문인가도 싶지만, 사실은 1층과 2층의 구조가 달랐기 때문이었다.

1층과 2층의 구조가 달랐던 것은 명치제과의 가장 큰 특징이기도 했다. 명치제과의 2층은 여러 개의 탁자가 놓인 개방형의 구조였다. 『딸 삼형제』에서 정매가 2층을 고집했던 것 역시 처음 만나기에는 개방형 좌석이 편했기 때문이었다. 명치제과 2층의 모습은 김남천의 소설 『사랑의 수족관』에서 경희와 현순이 만나는 삽화를 통해서도 확인

명치제과 1층에 자리 잡은 순경과 신철. 출처는 『동아일보』, 1933. 2. 26.

이 가능하다.

　이와는 달리 1층은 박스형으로 된 폐쇄적이고 은밀한 구조였다. 그래서 명치제과를 찾는 연인들에게 인기가 있었다. 『명일』에서 순경이 신철과 함께 1층에 가자 식탁 밑으로는 무릎이, 위로는 머리가 닿을 정도였다는 것 역시 이런 구조와 연결이 된다. 삽화는 순경이 신철을 졸라 명치제과 1층에 자리를 잡은 모습이다. 식탁과 식탁 사이에 칸막이가 설치된 박스형 구조였다는 것을 알 수 있다.

　그런데 손님들은 명치제과의 1층과 2층 가운데 어느 쪽을 선호했을까? 얼핏 2층이 편했을 것 같지만 손님들은 명치제과의 1층 박스형 좌석을 더 좋아해 먼저 자리가 찼다고 한다. 이태준의 『청춘무성』에서 은심이 친구들과 함께 명치제과를 찾았을 때 그래도 오전이라서 1층 박스석 빈 데에 자리를 잡을 수 있었다고 한 것 역시 이와 관련된다.

명치제과는 1층과 2층의 구조를 다르게 해, 1층은 연인을 타깃으로 2층은 일반 손님들은 대상으로 했다. 1, 2층을 다르게 꾸미는 것을 효과적인 영업 전략이라고 생각했던지 명치제과를 벤치마킹한 곳이 있었다. 역시 『청춘무성』에 등장했던 가네보, 곧 가네보 서비스스테이션 1층에 위치했던 프루츠팔러가 그곳이다.

가네보 서비스스테이션은 흔히 '종방'이라고 불렸던 '가네보(鐘紡)'에서 생산한 의류나 잡화를 전시하고 판매하는 곳이었다. 1935년 12월에 본정 1정목 32번지에 개점을 했다. 히라타백화점과 미나카이백화점을 지나면 바로 왼쪽 편에 위치한 3층 건물이었는데, 미쓰코시백화점이 본정 입구로 이전을 하기 전 위치했던 곳이었음은 이미 확인했다.

명치제과와 차이가 있다면 프루츠팔러는 실내를 박스형으로 꾸며 '로맨스박스'라고 부르고, 실외에는 모래를 깔고 파라솔을 설치해 이국적인 분위기를 연출하는 데 치중했다는 정도였다. 삽화는 김남천 소설 『사랑의 수족관』에서 경희와 광호가 가네보 프루츠팔러 실외 매장에 만나는 모습인데, 지금 봐도 본정 한복판에 여러 개의 파라솔을 설치한 인테리어가 눈길을 끈다. 가네보 프루츠팔러 역시 커피 맛으로도 경성에서 손꼽을 정도로 유명했다.

이후 다방이나 카페에서는 같은 공간에 박스형과 개

『사랑의 수족관』에서 가네보 프루츠팔러 실외 매장에 앉은 경희와 광호.
출처는 『조선일보』, 1939. 9. 23.

방형을 섞어 놓은 경우도 있었던 것 같다. 박태원의 대표
작 『천변풍경』에는 '평화카페'가 등장하는데, 거기서 박스
1, 박스 2, 또 테이블 1, 테이블 2 등으로 불렸던 것을 보면
역시 박스형과 개방형 좌석 모두를 갖추고 있었음을 알 수
있다. 경성역을 살펴보면서 「날개」의 '나'가 아내와 손님을
피해 경성역 티룸에서 시간을 보내는 것을 확인한 바 있
다. 그때 '나'는 티룸의 박스형 좌석에서 시간을 보내는데,
이를 고려하면 경성역 티룸에도 박스형과 개방형 좌석 모
두 있었음을 알 수 있다.

커피 맛 하면 명치제과지

다시 이태준의 「장마」로 돌아가 보자. 작가를 투영한 인물인 '나'는 이른 시간이지만 명치제과나 낙랑파라에 가면 이상이나 박태원을 만날지도 모른다고 한다. 소설은 이태준을 비롯해 이상, 박태원 등 당시 문인들끼리는 따로 약속을 하지 않더라고 명치제과나 낙랑파라에서 만났음을 말해준다. '구인회'를 중심으로 한 문인들이 주로 낙랑파라를 회동의 공간으로 했음은 많이 알려져 있지만, 명치제과도 그들의 아지트였다는 사실은 흥미롭다.

사실 명치제과는 그들이 '모임을 갖는 장소'라기보다는 '소일을 하는 장소'였다는 것이 더 정확할지도 모르겠다. 「장마」에서도 이른 시간이지만 사무적 소속이 없는 이상이나 박태원 같은 사람이 커피 잔을 앞에 놓고 무료히 앉았을지도 모른다고 했으니 말이다. 소설에서 '나'는 그들이 자신이 들어서면 기다리고 있었던 것처럼 반가이 맞아 줄 것을 기대하고 발걸음을 서두른다.

그런데 막상 가보니 친구들은 없고 몇 안 되는 손님들은 자신을 힐끔 쳐다보고는 얼굴을 돌린 채 시치미를 뗀다. 다른 손님들이 힐끔 쳐다보고 시치미를 뗐던 것 역시 '나'와 같은 처지였기 때문일 것이다. 마땅한 사무적 소속이 없이 오전부터 다방에 와서 종일 죽치고 있는 데서 오는 자격지심과 같은 그런 감정.

문인이나 화가, 아니면 문학청년들이 명치제과를 즐겨 찾았던 것은 김말봉의 소설 『밀림』에서도 나타난다. 『밀림』에서 상만과 자경이 명치제과에 들렀을 때, 여기저기 테이블에는 문사인 듯한 청년이 커피 한 잔을 시켜놓고 덥수룩한 머리를 손으로 넘기며 잡지를 보고 있다고 했다.

명치제과가 「장마」, 『딸 삼형제』, 『명일』, 『밀림』 등의 소설에 자주 등장하는 것을 보면 비단 예술가뿐만 아니라 많은 사람들이 즐겨 찾는 공간이었음을 알 스 있다. 거기에는 연인을 타깃으로 한 1층과 부담 없이 들르는 손님을 위한 2층을 다른 구조로 한 것이 크게 작용했던 것으로 보인다. 앞서 얘기한 것처럼 명치제과는 삼영제과와 함께 일본에서 제과는 물론 커피로도 가장 유명한 곳 중 하나였다.

명치제과가 경성의 핫플레이스로 자리할 수 있었던 가장 큰 이유 역시 독특한 구조와 함께 뛰어난 커피 맛이었던 것 같다. 확인한 것처럼 노다객이 쓴 「경성다방성쇠기」에는 '본정에 명과가 개점을 하야 정말 맛있는 가배(珈琲)를 먹여 이후 차 맛을 따라 모히는 손들을 끌었다'고 되어 있다.

　여기서 '명과'는 명치제과를 가리키는데, 요즘 젊은이들이 '스타벅스'나 '맥도날드'를 '스벅'이나 '맥날'로 줄여 부르는 것처럼 식민지 시대에도 줄임말을 사용했다는 점이 흥미롭다. 이어지는 부분에서 명치제과에서 맛이 제대로 된 커피를 팔기 시작해 이후 커피 맛이 좋은 곳을 찾아다니는 유행을 만들었다고 하니, 당시 명치제과의 커피 맛이 뛰어나 식민지 조선인들에게 제대로 된 커피 맛과 향을 알게 한 계기가 되었음을 알 수 있다.

　그것은 안석영이 쓴 「아스팔트의 딸」이라는 글에서도 나타난다. 「아스팔트의 딸」에는 '차당(茶黨)의 여왕'이라는 조소 섞인 별명을 지닌 여성이 등장한다. 그녀는 남자를 만나면 꼭 명치제과나 낙랑파라로 끌고 다니면서 커피 잔 쥔 손가락으로 축음기 소리에 장단을 맞추곤 한다고 했다. 커피 맛에는 일가견이 있다고 알려진 '차당의 여왕'이 선택한 다방의 커피이니, 그 맛은 미루어 짐작할 수 있을 것이다.

차당의 여왕도 즐겨 찾았던 명치제과

명치제과가 미쓰코시백화점 식당, 가네보 프루츠팔러 등과 함께 경성에서 가장 맛있는 커피를 파는 곳이었음은 확인한 바 있다. 그것은 다른 다방에서는 커피의 추출을 '달임법(decoction)'으로 한 데 반해 이들 다방에서는 분쇄된 커피에 뜨거운 물을 붓는 '우려내기(infusion)' 방식으로 한 데 따른 것이었다. 여기서는 차당의 여왕으로 불리며 커피 맛이 뛰어난 다방만을 찾았던 여성을 다룬 글을 살펴보려 한다.

안석영, 「아스팔트의 딸」, 『조선일보』, 1934년 1월 3일

이 여자는 여러 개 중에 자긔가 가장 조하하는 일홈이라는 것은 영숙이엿다. (……) 이 여자가 이 일홈을 즐겨하는 까닭은 조선의 문긴들이 소설을 쓸 때면 허구만흔 이름 중에서 이영숙이라는 일홈을 쓰기 때문이다. (……) 보통 사람은 차라면 숭늉 외에 보리차, 엽차나 알겟스나, 우리 영숙 군은 커피, 홍차, 레몽차, 코코아 등등 그 차에 대한 취미도 만허서 왼만큼 아는 사나히면 '명치케과', '낙랑파라'로 껄고 다니며 유성긔 소리에 찻잔 쥔 손구락으로 장단을 마처보는 서울의 차당(茶黨)의 여왕이다.

1934년 1월 『조선일보』에는 안석영이 쓴 「아스팔트의 딸」이라는 글이 발표되었다. 글의 대부분은 '영숙'이라는 여성을 소개하는 데 할애되어 있는데, 그녀가 여러 호칭 중 영

영숙이라는 이름을 지닌 차당의
여왕. 출처는 「아스팔트의 딸」,
『조선일보』, 1934.1.3.

숙이라는 이름을 사용하는 이
유도 흥미롭다. 그녀는 조선에
서 가장 인텔리한 존재를 문
인들로 생각하는데, 문인들의
소설에 가장 많이 등장하는
이름이 영숙이었기 때문이다.

　　그녀는 마르크스, 장개
석 등 당시 유명인에 대해서
도 박식한 지식을 자랑하며,
럭비, 복싱 등 스포츠에 대해
서도 일가견이 있다. 그런데
무엇보다 뛰어난 식견을 자

랑하는 분야가 '차(茶)'이다. 다른 사람들은 보통 숭늉, 보리
차, 엽차 정도를 마시는 데 반해 그녀는 반드시 커피, 홍차,
레몬차, 또 코코아 등을 고집한다.

　　거기다가 아는 남자들도 많았는데, 그들을 만날 때면
꼭 명치제과나 낙랑파라로 끌고 간다. 거기서 차를 시켜놓
고는 들려오는 유성기 소리에 찻잔을 쥔 손가락으로 박자
를 맞추기도 한다. 차 맛은 물론 음악에도 조예가 깊다는
것이니 어쩌면 정말 '차당의 여왕'이라는 호칭에 걸맞은
여성이었을지도 모르겠다.

7장

조선 유일의 18홀 골프장, 군자리골프장

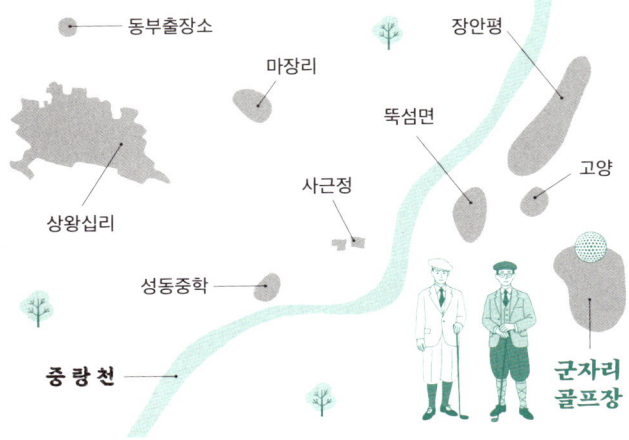

동부출장소

마장리

장안평

뚝섬면

사근정

고양

상왕십리

성동중학

중랑천

군자리
골프장

군자리골프장은 식민지 시대 조선에서 유일하게 18홀을 갖춘 골프장이었다. 경성 골프장의 역사는 효창원골프장, 청량리골프장 등을 거쳐 군자리골프장으로 이어졌다. 군자리골프장의 위치는 당시로는 경성 교외였는데, 지금 어린이대공원이 자리한 곳이다. 당시까지 골프장을 이용할 수 있는 사람들은 제한되어 있었으며, 제한은 조선인들에게 더욱 심했다. 골프장에 가고 싶었지만 갈 수 없었던 사람들을 맞아준 곳이 베이비골프장이었다. 이 장에서는 군자리골프장을 중심으로 경성 골프장의 풍경을 더듬어보고, 그곳을 대신해 많은 사람들이 찾았던 베이비골프장의 모습도 살펴보도록 하자.

첨엔 이걸로 멀리 보내는 게 수야

이태준의 작품 가운데 『딸 삼형제』라는 소설이 있다. 『딸 삼형제』에 대해서는 명치제과를 방문한 정매와 필조의 첫 데이트를 훔쳐보면서 얘기한 바 있다. 그런데 정매가 종로에 위치한 회사에서 타이피스트로 일하던 어느 토요일, 사장이 느닷없이 같이 운동을 하러 가자고 제안한다. 그러고는 한참을 차를 타고 가 뚝섬 근처에 이르더니 아래와 같이 운동을 시작했다.

▷ 첫 코-쓰로 들어섰다. 공을 나무못 같은 것에 오뚝히 고여 놓더니, 캐디-(도구 멘 아이)가 뽑아주는 대로 케일 길어 뵈고, 끝에 나무주먹이 달린 채를 받어 든다.
"첨엔 이걸로 멀리 보내는 게 수야…… . ㅈ-기 언덕을 넘어갈 테니 봐…… ."
사장은 공 앞으로 나서더니 두어 번 겨냥을 해 가지고 후려 따린다. 씽- 하는 바람소리가 날 때 공은 벌써 까-맣게

내다뵈는 푸른 언덕을 넘어 날러 나간다.

사장은 공을 나무못 같은 데 고이더니 제일 긴데다 나무주먹 같은 게 달린 채를 든다. 그러고는 처음에는 멀리 보내야 한다며 언덕을 넘길 테니 잘 보라고 큰소리도 친다. 인용문만 보고도 독자들 대부분은 무슨 운동인지 짐작할 수 있을 것이다. 우드 티(wood tee) 위에 공을 올리고 나무주먹 같은 게 달린 채, 곧 드라이버(driver)로 때려 공을 날려 보내는 운동, '골프'다.

삽화는 정매 앞에서 골프 솜씨를 자랑하는 사장의 모습이다. 지금의 시점에서 삽화를 보면 어색한 부분이 눈에 띈다. 사장과는 달리 정매의 차림이 골프장에 어울리지 않으며, 또 키가 작은 캐디(caddie)의 모습도 낯설게 느껴진다. 정매는 사장이 우겨서 따라갔으니 그렇다 치고, 캐디의 모습이 낯선 것은 당시에는 10대 초반의 소년들이 그 일을 담당했기 때문이다. 하지만 독자들이 정말 궁금한 것은 소설에 등장은 하지만 100년 전에도 골프장과 골프를 치는 사람들이 정말 있었나 하는 것일지도 모르겠다.

정매 앞에서 골프 치는 시범을 보이는 사장.
출처는 『동아일보』, 1939.5.9.

군자리골프장의 클럽하우스

조금 더 소설 『딸 삼형제』를 따라 가 보자. 사장이 친 공이 '씽-' 하는 바람 소리와 함께 멀리 보이는 언덕을 넘어 가 자 정매는 다음과 같이 물어본다.

▷ "자꾸 그렇게 치면서 가나요?"
"인케 가보면 알지! 인케 끄린이라구 더 새파란 잔디 마당이 있서. 거기 가선 빼비 꼴프처럼 하는 거야."

정매가 조금 전처럼 공을 멀리 보내는 것을 계속하느 냐고 묻자, 사장은 그린에 가면 '베이비골프(baby-golf)'처럼 친다고 대답한다. 베이비골프도 생소한 단어일 텐데, 거기 에 대해서는 채만식의 소설인 『인형의 집을 나와서』을 살 펴보면서 얘기하겠다.

사장은 벙커(bunker)에 빠지기도 하며 몇 번이나 반복 해서 공을 쳐 겨우 그린에 올리는 데 성공한다. 그린에 간

식민지 시대 군자리골프장의 모습. 출처는 『사진엽서로 보는 근대풍경 5』
(부산박물관 엮음, 민속원, 2009), 516쪽.

사장이 갑자기 누가 먼저 홀에 넣는지 내기하자고 제안하
자 모든 일에 당당한 정매도 사양하지 않는다. 그런데 정
매에게 퍼터(putter) 잡는 법을 가르치는 사장의 행동이 뭔
가 수상하다.

　▷　말로만 일러줘도 그대로 하겠는데, 사장은 자꾸
　　손가락과 손등을 싸쥐며 덤빈다.
　　"알었에요."
　　"옳지…… 몸은…… ."
　　하더니 이번엔 뒤로 허리에 종아리에 손을 막 대면서
　　자세를 바로 잡어준다.

인용문을 보면 사장의 관심은 골프를 가르치는 것보다 정매의 몸을 더듬는 데 있는 것 같다. 사장은 정매에게 골프를 가르치는 시늉도 하고, 골프를 인생에 비유하며 잘난 척도 하면서, 호시탐탐 흑심을 실현할 기회를 노린다. 정매의 입장에서는 무척이나 힘든 라운딩이었을 것 같은데, 두 사람은 그렇게 고단하게 전반 9홀의 라운딩을 마친다.

소설에는 후반 9홀은 처음 출발했던 곳에서 시작한다고 되어 있는데, 사장은 후반 코스를 돌기 전 좀 쉬어가자며 정매를 골프장의 클럽하우스 2층으로 안내한다. 드물게 볼 수 있는 100년 전 클럽하우스에 대한 소개이니까, 꼼꼼히 들여다보는 것도 괜찮을 것 같다.

> ▷ 등의자와 힌 테불이 군데군데 놓였다. 멕주를 마시는 사람들, 쌘드위치를 먹는 사람들, 모두 대부븐이 남자들이다. 그 남자들은 대부분이 김사장과 인사를 한다. 어떤 사람은 손만 쓱 들었다 놓고, 어떤 사람은
> "요-."
> "할로-." 하고 소리도 질른다. (……)
> 중년 이상 신사들이 골프를 하러 나오는 것은 마치 젊어지기 위해선 것처럼 느껴진다. 머리가 힌 노신사들도 힐끗힐끗 청매를 본다. 청매는 될 수 있는 다로 얼굴을 밖앝으로 향하고 탄산과 쌘드위치를 먹었다. 사장은 혼자 맥주를 세병이나 마시고야 일어났다.

인용문에는 여기저기 놓인 테이블에서 맥주를 마시거나 샌드위치를 먹는 사람들이 눈에 띈다고 했다. 테이블과 함께 놓인 의자를 등의자라고 밝혔는데, 1930년대가 되면서 무겁고 비싼 가구 대신 가벼운 등나무 가구가 유행했다. 역시 일본의 유행이 전해진 등나무 가구는 조선에서도 이국적이고 모던한 분위기를 내는 가구로 자리를 잡게 되었다.

인용문을 통해 클럽하우스 2층에서 골프를 치러온 사람들에게 음료와 간단한 요깃거리 정도를 제공했으며, 당시 골프를 치러 온 사람들 대부분이 사장과 같은 중년의 남성이었음을 알 수 있다. 정매가 탄산음료와 샌드위치를 먹는 동안 사장은 맥주를 3병이나 마셨는데, 꿍꿍이대로 되지 않자 사장도 답답했는지 모르겠다.

전반 9홀을 도는 동안 정매가 재미없어 하는 게 티가 났던지 사장은 후반 9홀은 따라오지 않아도 된다고 했다. 흑심은 품었을망정 눈치가 아주 없지는 않았나 보다. 사장이 후반 9홀을 도는 시간도 짧지는 않았을 텐데 정매는 혼자 무엇을 하며 시간을 보냈을까? 정매는 처음 사장이 권유한 것

군자리골프장에서 경치 좋은 데를 찾아 하늘을 보는 정매. 출처는 『동아일보』, 1939.5.11.

처럼 퍼팅 연습도 해 보지만 금방 싫증을 느낀다. 그러고
는 사장과 같이 돌았던 코스 가운데 가장 경치가 좋은 곳
으로 발걸음을 옮겼다.

> ◁ 혼자 아까 지나오다 본 코쓰 중에 케일 경치 좋은 데로
> 갓다. 잔디에 누어 처녁 하눌을 바라보며 공상게 잠겨본다.
> 이내 필조 생각이 난다. 왜 그런지 미안스럽다. 사장의 청도
> 이상으로 친철한 심리에도 여러 가지 해석이 생각난다.

가장 경치가 좋은 코스로 간 정매는 잔듸에 눕는다.
그러고는 해질녘 하늘을 보며 좋아하는 필조를 떠올리고
는 왠지 미안한 감정을 느낀다. 미안함과 맞물려 사장의
지나친 친절의 속내에 대해서도 생각을 해 본다. 삽화는
골프장 잔디에 누워 있는 정매의 모습인데, 다른 사람의
눈을 의식하지 않고 하고 싶은 대로 하는 모습에서 그녀의
당당함이 드러난다.

베이비골프장의 풍경

3장에서 창경원을 다루면서 노라, 혜경, 옥순이 등이 창경원 야앵을 구경하는 모습을 살펴본 바 있다. 채만식의 소설 『인형의 집을 나와서』에서 등장하는 장면이었는데, 소설의 줄거리에 대해서도 거칠게 알아보았다. 집을 나와 고향에 갔다가 다시 경성으로 돌아온 노라는 생계를 위해 이런저런 일을 하게 된다. 장애를 가진 아이의 가정교사 노릇을 하다가 곤혹을 겪고 다시 화장품 판매원을 해 보지만 그 일도 오래 하지는 못한다. 결국 카페의 여급이 되어 괜찮은 수익을 올리지만 매일 밤마다 손님들에게 시달리는 여급 생활 역시 만만치 않음을 깨닫는다.

한편 노라는 혜경으로부터 같은 전세에서 살 정원이라는 여성을 소개받는다. 정원은 23세의 여성으로, 눈에 띄게 빼어난 용모를 지니고 있다. 이삿날 정원은 늦게서야 남자를 하나 데리고 이사를 도우러 온다. 정원은 이 선생이라는 남자를 약혼자로 소개한 후 이사가 거의 끝난 것을 알고는 서둘러 나가며 인사를 한다.

▷ "나는 이사가 바쁜 줄 알구 부리나케 쫓아왔지…….
어머니, 나 어데 갓다 와요."
"또 빼빼공 치러 가니?"
"호호호호."
"히히히히."
청원이와 이 선생이라는 사람은 갓치 소리를 내어 웃는다.
"빼빼공이 무이유? 빼-비 골푸라고 실컷 갈으켜
드려두……."
"나는 그런 신식말은 몰은다……. 일찍 와서 저녁 먹어."

정원이 이 선생과 함께 나갔다 온다고 하자 정원의 어머니는 '빼빼공' 치러 가느냐고 묻는다. 어머니의 말에 정원은 이 선생과 함께 웃으며 빼빼공이 뭐냐고 '빼-비 골푸'라며 무안을 준다. 그러자 어머니는 그런 신식말은 모른다며 일찍 들어와 저녁이나 먹으라고 한다.

인용문에서 정원의 어머니가 빼빼공이라고 부른 것, 또 '빼-비 골푸'라는 신식말은 베이비골프를 가리킨다. 앞서 『딸 삼형제』에서는 사장이 정매에게 공을 멀리 치다가 그린에 올라가면 베이비골프처럼 친다고 했다. 베이비골프는 골프장을 축소시킨 것 같은 공간이었는데, 주로 퍼팅(putting)을 하게 만들어졌다. 조악하게 만들어지긴 했지만,

경제적 여건 등으로 골프장에 가기 힘든 사람들에게 골프의 재미를 맛볼 수 있게 한 공간이었다. 두 소설을 고려하면 베이비골프가 1930년대 이미 조선에 들어와서 즐기는 사람들도 있었지만 거기에 익숙하지 않은 사람들도 많았다는 것을 알 수 있다.

다시 『인형의 집을 나와서』로 돌아가 보자. 이 선생과 정말 약혼한 사이가 아니었던지, 아니면 뛰어난 용모 때문에 따라다니는 남자가 많아서 그랬던지, 정원은 곧 이 선생과 헤어지고 다른 남자를 만난다. 앞서 『인형의 집을 나와서』를 살펴보면서 노라가 경성으로 다시 올라오면서 남편에게 버림받은 옥순이와 함께 올라왔다는 것을 확인했다. 옥순이는 노라, 혜경과 함께 창경원 야앵 구경 갔다가 다른 여자와 함께 온 남편을 우연히 만나기도 했다. 그 일 때문에 그랬던지 옥순이는 남편의 바람기를 더 이상 견디지 못하고 자살을 하고 만다. 그런데 아이러니하게 정원이 새로 만나는 남자가 옥순이의 남편이었던 재환이었다.

◤ 약혼을 하엿다고도 하고 아니 하였다고도 하는 이 선생이라는 사람은 베비 골프와 한 가지로 정원이에게서 멀어졋다. 그대신 마작과 한 가지로 이 선생이 정원이에게서 멀어진 그 거리만큼 재환이와는 각가워젓다.

인용문은 베이비골프에 열을 올리는 동안 이 선생과

붙어 다녔던 정원은 마작을 배우면서부터 재환과 가까워졌다고 한다. 마작에 익숙했던 재환은 선생이 되어 정원뿐 아니라 노라, 성희, 혜경에게까지 마작을 가르치고, 마작이 끝나면 식사도 대접했다. 마작에 재미 붙였다고 해서 이들이 베이비골프를 아주 안 치는 것은 아니었다. 하루는 마작을 마친 노라, 정원, 성희, 재환 등은 택시를 타고 본정으로 향한다. 본정에 이르자 네 사람은 청목당에서 저녁을 먹었는데, 정원은 저녁과 함께 맥주도 두 컵이나 마신다.

▷ 저녁을 먹고 나서 진고개로 들어서 정원이는 오래간만에 뻬비골푸를 첫다. 노─라와 성희는 작고만 치자고 하는 것을 마다고 구경만하고 재환이와 정원이만 첫다. 오락이라고는 손을 아니대인 것이 업는 재환이도 오래다녀 손속이 난 정원이에게 여지업시 지고 나섯다.

인용문에서 진고개라고 되어 있는 곳은 본정이다. 조선인들은 여전히 진고개라는 이름을 사용했으며, 일본인들은 본정이라고 지칭했다. 청목당에서 저녁을 먹고 나서 네 사람은 본정에 위치한 베이비골프장으로 향했다고 한다. 노라와 성희는 구경만 하고 정원과 재환 둘이 베이비골프를 친다. 오락이라면 못 하는 것 없는 재환이지만 베이비골프는 정원에게 지고 마는데, 정원이 이 선생과 사귀는 동안 열심히 배웠었나 보다.

이들은 베이비골프장을 나와서는 본정의 악기점에 들른다. 100원에 가까운 거금을 주고 콜롬비아축음기를 사고, 축음기에 어울리는 서양곡, 남도민요 등의 레코드도 구매한다. 정원에게 선물한다는 명목으로 그 비용은 재환이 부담한다. 재환이 정원에게 점수 따기 위해 애쓰는 모습을 보면 당시에도 여성을 꼬드기는 선수는 따로 있었나 보다.

채만식은 1933년 10월 『조선일보』에 「베이비골프」라는 글을 발표하기도 했다. 그는 골프에 비하면 베이비골프는 소꿉질 골프와 같다고 한다. 골프를 흉내 내기 위해 작은 마당에 18개의 코스를 만들어놓고는 작은 채로 골프공을 구멍에다 넣는 얄궂은 장난이라는 것이다. 그렇지만 1930년대 전반 유행의 첨단을 달리고 있다는 데는 동의를 한다.

> ▮ 베-비골프장에 모여드는 사람들이 누구라구! 조선
> 서울서는 1933년식이라고 자랑하는 새로운 감으로 새로운
> 맵시로 지은 양복을 입고 얼골이 해맑고 어제 저녁에 '바-'
> ○○에서 어찌어찌 했다든가 쯤의 사교쳑 담화쯤은 척척
> 내어 놓을만한 청년 신사들이다.

인용문을 보면 베이비골프장을 찾는 사람들을 당시 가장 유행하는 양복을 입고 있으며, 유흥가 소식에도 정통한 청년과 신사라고 한다. 실제 베이비골프는 당구와 함께 1930년대 들어서 모던보이, 모던걸에게 선풍적인 인기를

얻었던 오락이었
다.

프쎌一비베
植 萬 粂

채만식이 베이비골프장의 특징에 관해 쓴
글과 함께 실린 사진. 출처는 『조선일보』,
1939.5.11.

다음 절에서
얘기하겠지만 당
시 경성에는 효창
원골프장, 청량리
골프장에 이어 군
자리골프장이 개
장을 했을 때였다.
하지만 골프장에
서 골프를 칠 수
있었던 사람은 대부분 일본인 고위층이었고 조선인의 경
우 극히 일부에 한정되었다. 골프장에는 가지 못하지만 새
로운 유행을 따르고 싶었던 사람들의 발길이 향한 곳이 바
로 베이비골프장이었다.

경성에 베이비골프장은 철도국, 경성전기 부지는 물
론 인사동에까지 들어섰다. 철도국과 경성전기 베이비골
프장은 일본인이, 인사동의 골프장은 조선인이 운영했다.
1932년 6월 『동아일보』의 기사는 철도국에서 정구코트 옆
에 베이비골프장을 개설해, 직원은 10전, 일반인은 15전을
받고 개방한다고 했다. 개장과 함께 손님들이 몰려들어 심
지어 야간 개장까지 해야 할 만큼 호황을 이루었다. 호황
이 계속되자 대부분의 베이비골프장에서는 한 게임을 하

는 데 지불하는 비용을 20전씩으로 올리게 된다.

베이비골프장이 경성에서만 운영되었던 것은 아니었다. 당시 경성 사람들이 가장 즐겨 찾았던 피서지는 원산이었는데, 원산 근처에 위치했던 석왕사 역시 사람들이 많이 찾아 유흥지처럼 되었다. 따라서 많은 숙소와 식당 역시 문을 열었으며, 또 정구장과 함께 베이비골프장도 개장을 했다. 석왕사 골프장이 등장하는 소설 역시 어렵지 않게 찾을 수 있다.

1932년 12월 『매일신보』의 기사는 당구와 함께 베이비골프를 근대인의 오락 가운데 총아로 치켜세웠다. 특히 베이비골프의 유행이 얼마나 두드러졌던지 기사는 '엽기적'이라는 표현까지 사용했다. 좁은 공간에서 골프공을 구멍에 넣기 위해 애를 쓰는 것을 보면 아이들 장난 같지만 일정한 리듬에 감정을 실어야 하는 최신의 스포츠라는 것이다. 글은 다소 의아하게 현대인이라면 베이비골프와 같은 진귀한 오락을 통해 감정의 명랑과 정신의 세척을 얻어야 한다는 계몽적인 어조로 마무리된다.

왜 무덤에다 골프장을?

군자리골프장은 식민지 시대 18홀을 갖춘 유일한 골프장으로, 조선의 골프장을 대표하는 곳이었다. 허방 이후에도 한국을 대표하는 골프장으로 많은 골프 선수들을 배출한 요람 역할을 하기도 했다. 군자리골프장이 30만 평에 이르는 공간에 처음 문을 연 것은 1930년 6월이었다. 군자리골프장이 개장하기 이전 경성에는 효창원골프장, 청량리골프장 등이 있었다.

골프장의 홀 숫자와 관련해서는 한 가지 흥미로운 사실이 있다. 지금은 골프장 하면 18홀이 일반적인 것으로 여기지만, 사실 19세기 말까지는 정해진 규정 홀 숫자가 없었다는 것이다. 골프장 부지의 넓이에 맞춰 코스를 설계하는 대로 홀 숫자가 정해졌다. 골프의 발상지로 여겨지는 세인트 앤드류스(St. Andrews) 골프장도 11홀로 세워졌고, 1860년부터 20년간 브리티시 오픈(The British Open)이 열렸던 프레스트윅(Prestwick) 골프장도 12홀이었다. 18홀로 정해진 것은 여러 가지 의견이 있지만 일반적으로 런던 근처에 있는 로열 윔블던(Royal Wimbledon) 골프장에서부터였다.

다시 식민지 조선의 골프장으로 돌아가 보자. 효창원은 본래 정조의 아들인 문효세자, 그를 낳은 의빈 성씨, 또 순조의 딸 영온옹주와 그를 낳은 숙의 박씨 등의 묘가 있던 곳이었다. 1914년 흔히 조선호텔이라고 불리는 조선철도호텔이 준공되었는데, 효창원골프장은 그 부속시설로 개장했다. 1921년 6월 효창원 부근 약 5만 8천 평에 해당되는 국유지에 처음 6홀로 만들었다가 나중에 9홀로 확장을 했다고 한다. 다른 골프장도 마찬가지였지만 왕실의 묘역에 유흥공간인 골프장을 건설한 일본의 의도는 분명히 드러난다고 할 수 있다.

효창원골프장에 이어 개장한 곳이 청량리골프장이었다. 1921년 12월 효창원골프장을 공원으로 바꾸는 계획이 발표되고 1924년 8월에 계획이 확정되면서, 청량리골프장의 건설이 추진되었다. 거기에는 효창원골프장이 제대로 골프를 치기에는 너무 협소했다는 이유 역시 작용을 했다. 청량리에 골프장이 들어섰던 공간 역시 본래 경종과 그의 계비 선의왕후의 왕릉이 있던 곳이었다.

1924년 12월 약 30만 평에 해당되는 부지에 청량리골프장이 건설되는데, 효창원골프장의 5배에 해당되는 부지였다. 그래도 골프장으로는 넓이가 협소해 모두 16홀로 구성되었다. 그래서 라운딩을 할 경우 16번 홀까지 마친 후 다시

1번 홀과 2번 홀을 도
는 것으로 끝내는 방
식을 취했다고 한다.

군자리골프장도
효창원골프장, 청량
리골프장과 마찬가지
로 본래는 왕릉인 유
릉이 위치했던 곳이
었다. 군자리는 강점

선박 위에서 골프 연습을 하는 영친왕.
출처는 『동아일보』, 1927.11.11.

직후에는 경성부 두모면 장내능동에 속했는데, 1914년 4월
경기도 고양군에 편입되어 뚝도면 군자리가 되었다.

유릉은 순종의 비인 순명효황후의 묘가 있던 곳이었
는데, 1926년 순종이 붕어하자 순명효황후의 묘 역시 경기
도 남양주로 천장해 순종과 함께 봉안되었다. 이후 유릉이
있던 곳은 왕실의 말을 사육하는 곳으로 쓰였는데, 1930년
6월 약 30만 평의 부지 공간에 들어선 것이 군자리골프장
이었다.

군자리골프장의 개장을 주도했던 인물은 이왕직의 차
관이었던 일본인 시노다 지사쿠(篠田治策)였다. 조선황실의
재산을 관리하던 이왕직의 차관이었던 그는 천장 후 빈터
로 남아있던 유릉에 청량리골프장의 이전을 추진했다. 이
미 당시는 청량리골프장을 이용하던 사람들 가운데 코스
의 전장(全長)이 짧다, 벙커가 작다 등의 불만이 나오기 시

작했을 때였다. 시노다 지사쿠는 총독부 세력을 등에 업고 청량리골프장의 개장을 주도했던 '경성골프구락부'의 핵심 일원이기도 했다. 그는 일본에 상주하며 조선에는 드물게 방문했던 영친왕을 거듭 찾아가 결국 승낙을 받아냈다.

영친왕은 당시 열렬한 골프 마니아였다고 한다. 일본 다이쇼(大正) 천황은 1922년 왕실 전용 골프장을 만들어 왕족들에게 골프를 권한다. 당시 영친왕은 이방자와 결혼하면서 일본의 왕족이 되었기 때문에 거기서 골프를 배웠을 가능성이 크다. 영친왕 부부는 1927년 5월부터 이듬해 4월까지 유럽 13개국을 여행했다. 그런데 흥미로운 것은 여행 도중 여러 차례 골프 라운딩을 하거나 레슨을 받았고, 심지어 골프공을 생산하는 공장까지 방문했던 일이었다.

영친왕의 골프 사랑은 경성골프구락부의 명예회장을 맡았다는 데서도 나타난다. 1930년 7월 13일 신문에는 조선을 방문하는 영친왕이 새롭게 개장한 군자리골프장을 시찰한다는 기사가 실렸다. 영친왕의 방문 소식처럼 1927년 6월 시작된 공사는 3년 동안 계속되어 1930년 6월 군자리골프장이 개장하게 되었다.

개장 당시 전장 6,045야드, 파 69의 규모로 조선 유일의 18홀을 갖춘 골프장이었다. 소설 『딸 삼형제』에는 정매와 함께 전반 9홀을 마친 사장은 클럽하우스에 들러 맥주를 마시는데, 거기가 처음 라운딩을 시작했던 곳으로 서술되어 있다. 그래서 후반 9홀은 전반 9홀을 다시 도는 것이 아니었는지 궁금할 수도 있겠는데, 군자리골프장의 후반 9홀은 따로 마련되어 있었다.

군자리골프장에서 골프를 치는 비용은 얼마나 들었을까? 1938년을 기준으로 그린피는 평일 3원, 주말 5원이었으니 지금으로 따지면 15만원에서 25만원에 해당되는 금액이다. 군자리골프장을 이용했던 사람들은 일본인 고위 관료나 정상(政商), 조선인 귀족과 일부 상류층, 외국인 사업가 등 극히 일부 상류계층의 인사들이었다. 경성을 비롯한 몇몇의 도시나 관광지에 베이비골프장이 성황을 이루었던 것 역시 마찬가지 이유에서였을 것이다.

이광수는 『사랑의 다각형』에서 경성에서 돈 좀 있다는 사람들의 하루를 비꼬아 얘기한 바 있다. 그가 말하길 돈 많은 이들은 조선호텔 식당에서 점심을 먹은 후, 미쓰코시백화점 식당에 가서 커피 한 잔을 마신다. 그리그 오후에는 군자리골프장에 가서 골프를 치면서 소일을 한다는 것이다.

미쓰코시백화점 식당에서 커피를 마시는 것은 그렇다 치고, 조선호텔 식당에서 식사를 하거나 조선에서 유일하게 18홀을 갖추었던 군자리골프장에서 골프를 치는 것은 극히 일부의 사람들에게만 허용된 것이었다. 이를 고려하면 이광수의 언급에서도 군자리골프장의 위상을 엿볼 수 있다. 군자리골프장이 있던 곳에는 1972년 어린이대공원이 들어서 지금까지 운영되고 있으며, 골프장 시설은 고양에 위치한 한양골프장으로 이전하게 되었다.

군자리골프장과 베이비골프

식민지 시대 베이비골프장의 모습. 출처는 「옥돌과 뻬비꼴푸 오락물의 총아」,
『매일신보』, 1932.12.19.

　　식민지 시대 군자리골프장은 조선에서 유일하게 18홀
을 갖춘 골프장이었다. 효창원골프장, 청량리골프장 등에
이어 군자리골프장이 문을 여는 과정은 한국에 근대 골프
가 정착하는 과정과 맞물려 있었다. 한편 세 골프장이 세워
진 공간 모두 궁궐과 관련된 묘소였다는 데서, 그 과정이
일본에 의한 조선 왕조의 흔적 지우기라는 점 역시 부정할
수 없다. 군자리골프장은 30만 평에 해당되는 넓은 부지에
들어섰으며, 당시로서는 최신식 시설을 갖춘 골프장이었
다. 조선 유일의 18홀 골프장이라는 위상 때문에 군자리골
프장을 이용할 수 있는 사람들은 극히 일부의 일본인과 조

선인에 한정되었다. 따라서 넓은 잔디에서 즐기지는 못하지만 골프라는 새로운 유행을 맛보고 싶었던 사람들이 향한 곳은 베이비골프장이라는 공간이었다. 여기서는 1930년대 전반기 당구와 함께 경성 사람들에게 오락의 총아로 자리 잡았던 베이비골프를 소개한 글을 살펴보려 한다.

「옥돌과 뻬비꼴푸 오락물의 총아」, 『매일신보』, 1932년 12월 19일.

뻬비꼴푸, 이것이야말로 1932년의 오락물의 총아가 되듯다.(……) "나는 12번 코쓰가 케일 어려워요." 가벼운 실망의 그림자 속에 얼골의 표청을 감추며 양장한 젊은 여자가 속삭인다. "나는 케일 쉬운데." '뼷'으로 공을 견우며 남자가 유쾌히 대답한다.

공알은 어름 우를 밋그러지는 듯이 가벼야웁게 굴러 미묘한 각도를 더듬는다. 신시대인의 새 감청은 이에 신경의 '리틈'을 타고 흐른다. 한 '껨'에 20컨. 근대인은 이 진긔한 오락에 감청의 명랑을 밧고 가벼야운 피로를 늣긴다. 청신 세척을 밧고 경쾌한 '스포츠'의 단련을 받는다.

1932년 12월 『매일신보』에 실린 「옥돌과 뻬비꼴푸 오락물의 총아」는 베이비골프가 1932년 당시 오락물의 총아가 되었다는 표현으로 시작된다. 그리고 12번 코스가 가장 어렵다는 양장한 젊은 여성에게 자기는 그 코스가 제일 쉽다고 뻐기는 남성도 소개한다. 당시 베이비골프장이 좁은 데다가 퍼팅을 하는 공간 위주로 세워졌지만 18번 코스까지 있었다는 것, 또 남성과 여성 등 커플이 주로 찾았음을 말해준다.

　　이어 미묘한 각도를 맞춰 골프공을 치면 마치 얼음 위를 미끄러지듯이 가볍게 흐른다고 했다. 미끄러지듯 부드럽게 굴러가는 골프공과 홀에 들어가는 쾌감에 대해 언급한 것이다. 그러고는 근대인, 곧 당시의 모던보이와 모던걸은 베이비골프라는 스포츠를 통해 가벼운 피로를 느끼는 대신 감정의 명랑과 정신의 세척을 얻는다고 했다.

8장

밥과 옷 다음으로 소중한 곳, 한강 유원지

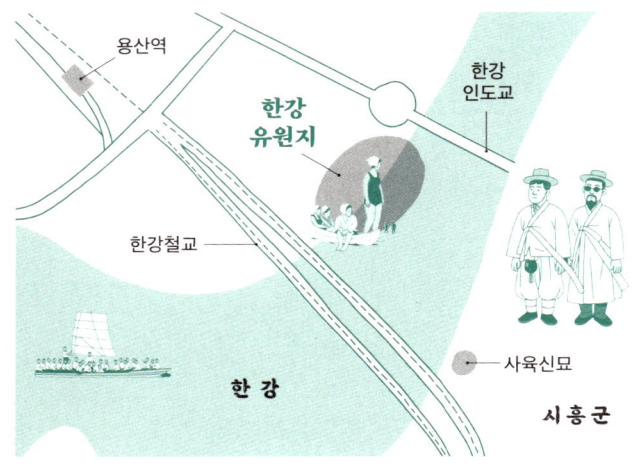

한강은 지금도 사람들이 많이 찾는 곳이다. 식민지 시대에도 한강 유원지는 경성 사람들에게 위안과 유흥을 제공했다. 한강 유원지에는 보트장, 수영장, 스케이트장 등이 있었다. 흥미로운 점은 모두 다른 곳이 아니라 같은 공간에서 운영되었다는 것이다. 그곳은 한강 북쪽의 한강철교와 인도교 사이였다. 여름에는 같은 공간에서 운영되니 사고를 방지하기 위해 보트장과 수영장에 경계를 설정하기도 했다. 이 장에서는 한강 유원지에는 어떤 시설이 있었는지, 또 그곳을 찾은 사람들은 누구였는지 알아보도록 하자.

다시 만난 옛 연인

박태원의 작품 가운데 『여인성장』이라는 소설이 있다. 박태원에 관해서는 「소설가 구보 씨의 일일」, 『천변풍경』 등을 살펴보면서 이미 얘기한 바 있다. 『여인성장』은 1940년 8월부터 1942년 2월까지 『매일신보』에 연재된 작품이다.

소설은 작가인 김철수와 사귀던 이숙자가 갑자기 은행 두취의 아들인 최상호와 혼인을 하는 것으로 시작된다. 앞서 얘기했듯이 두취는 지금의 은행 지점장 정도에 해당하는 직책이다. 이후 소설은 철수와 숙자의 엇갈리는 감정과 행적을 그리는 데 초점이 맞추어진다.

상호와 마음에 없던 혼인을 한 후 시집에 들어가서 살던 숙자는 외출을 했다가 우연히 철수를 만난다. 철수는 오랜만에 만난 숙자의 얼굴에서 전에 없던 그늘을 발견한다. 마음이 답답해서 그랬는지 숙자가 한강에 가자고 제안하자 철수도 동의한다.

두 사람은 한강 근처 전철 정거장에서 내리는데, 신용

강가에 누워 나지막이 노래를 부르는 철수와 울고 있는 숙자.
출처는 『매일신보』, 1942.1.3.

산정거장 다음인 한강교정거장으로 파악된다. 철수와 숙자는 한강철교에 올라가 한참 동안 강물 흘러가는 모습을 내려다본다. 한강변에서 거진 철지난 보트장을 본 철수는 숙자에게 보트를 타겠냐고 묻는다. 아마 한강철교 근처에 보트를 대여해 탈 수 있는 시설이 있었나 보다. 처음 보트에 오른 철수는 와이셔츠 차림이 선선했지만 바람과 물결을 거슬러 배를 저어 가자 금방 이마에 땀이 솟는 걸 느낀다.

▷ 잠간 동안 오울을 놀려두고 있는 사이에, 배는 꽤법 아래로 떠나려갓다. 철수는 배를 다시 저엇다. 철교에서 꽤법 멀다. 사람들의 눈도 이곳에서는 시끄럽지 안낫고,

철교 위를 달리는 수레들의 소리도 요란하게는 들려오지 않았다. 철수는 강가에다 배를 대었다.

철수가 잠시 쉬느라 노를 멈춘 동안 보트는 강물을 따라 떠내려가 철교에서 먼 데까지 이르렀다. 다시 노를 저어가던 철수는 주위가 조용해진 것을 깨닫고 강가에 보트를 댄다. 모래 위에서 잠시 앉아있던 철수는 두 손을 베개 삼아 모래 위에 눕는다. 그러고는 하늘에 떠가는 흰 구름을 바라보며 슈베르트(Franz Peter Schubert)의 세레나데(serenade)를 부른다. 처음에 나지막이 철수의 노래를 따라 부르던 숙자는 곧 두 손에 얼굴을 파묻고 흐느껴 운다.

삽화는 『매일신보』에 연재될 때의 것으로, 누워 있는 철수 옆에서 울고 있는 숙자의 모습이다. 두 사람에게 어떤 사연이 있었길래, 보트를 타다 강가에 나린 숙자는 그렇게 서럽게 흐느껴 울었을까?

한강 유원지의 보트장

철수와 숙자가 이용했던 보트장에 대해 조금 더 알아보자. 먼저 1934년 4월 『조선일보』에 실린 기사는 당시 경성 사람들에게 한강이 어떤 존재인지 얘기하고 있다. 기사는 사람들이 웃기 위해서 혹은 울기 위해서 한강을 찾는다고 한다. 또 건강하게 살려고 찾는 사람도, 반대로 목숨을 끊기 위해 오는 사람도 있다는 것이다. 그러고는 경성 사람들에게 한강은 밥과 옷 다음에 없어서는 안 될 존재라는 과장 섞인 얘기까지 한다.

비슷한 시기 같은 신문에 실린 「명수대 푸른 잔디 그 밑의 보트놀이 -일요 한강의 춘수 매혹」은 수양버들, 푸른 잔디, 백사장 등으로 이루어진 한강이 상춘객을 맞을 단장을 마쳤다는 소식을 전한다. 이어 이전 일요일에는 50여 척을 거느린 보트장도 개장을 해 그날만 400여 명의 손님이 다녀갔다는 것이다. 1930년대 중반 한강 보트장은 50척 정도의 보트를 가지고 운영을 했으며 휴일에는 많은

한강 유원지의 보트장. 출처는 『동아일보』, 1936.4.13.

사람들이 이용했음을 알 수 있다.

「봄꿈 실은 보트군!」이라는 기사 역시 보트장에 대한 흥미로운 얘기를 전한다. 보트장은 봄과 여름에 개장을 하는데, 손님은 5, 6월에 가장 많다고 했다. 아마 한강을 찾은 상춘객들이 보트를 즐겨 탔나 보다. 위의 사진 역시 1936년 4월 『동아일보』에 실린 것이니, 가장 호황일 때 보트를 타는 모습으로 볼 수 있겠다. 사진에서 앞쪽의 다리는 각각 1900년, 1912년 복선으로 건설된 한강철교이고, 뒤쪽으로 멀리 보이는 다리는 1917년 개통된 인도교이다. 인도교는 처음 건설 당시 사람과 우마차 등이 지나는 다리라고 해서 그렇게 지칭되었는데, 한강대교라고도 불렸다.

보트를 빌리는 데 드는 비용은 1시간에 30전이라고

했으니, 지금으로 따져보면 1만 원에서 1만 5천 원 정도가 된다. 1만 원에서 1만 5천 원이라고 하면 비싸게 느껴질지도 모르겠지만, 당시 커피 세 잔, 또는 비빔밥 두 그릇 정도의 가격이었으며 화양절충(和洋折衝)의 음식으로는 돈가스나 라이스카레의 가격과 비슷했다. 1930년대 전반 조선호텔 식당에서 제공했던 저녁 정식, 곧 코스요리의 가격은 3원이었으니, 보트를 10번 정도 탈 수 있는 금액이었다.

한강에 보트를 타러 오는 사람들은 어떤 사람들이었을까? 주로 둘이서 타는 보트이니 철수와 숙자처럼 대부분 연인이 아닐까 생각되지만, 실제 남녀가 오는 경우는 20퍼센트에 불과하다는 사실은 뜻밖이다. 그나마 남성들과 함께 오는 여성은 이전에는 쪽찌거나 양장을 한 기생이었는데 당시에는 카페 여급이 절대 다수라고 했다. 같은 작가의 대표작인 『천변풍경』에서도 휴일에 날씨가 좋자 '평화카페'의 여급들이 한강으로 보트를 타러갔다는 서술이 있다. 이를 고려하면 오히려 연인들끼리 보트를 타러 가는 경우는 드물었다고 보면 되겠다.

또 다른 즐거움, 스케이트장

한강 유원지는 김말봉의 소설 『밀림』에도 등장한다. 김말봉에 대해서는 『밀림』, 『찔레꽃』 등을 살펴보겠서 얘기한 바 있다. 『밀림』을 통해 단숨에 독자들의 관심을 끈 그녀는 『찔레꽃』을 통해 베스트셀러 작가가 된다. 그런데 작가가 달가워할지 모르지만, 그 과정은 김말봉이 '통속소설가'라는 꼬리표를 다는 과정과 맞물려 있었다.

　『밀림』은 1935년 9월부터 1938년 12월까지 작가 사정으로 몇 차례 중단을 겪으며 연재를 이어갔던 소설이다. 『밀림』에서 동섭과 자경은 약혼한 사이로 등장한다. 동섭은 의학 박사학위를 목전에 뒀지만 인천 축항 공사장에서 노동자들의 비참한 삶을 보고는 자신의 진로에 회의를 느낀다. 한편 자경의 친구 인애는 상만과 미래를 약속한 사이로, 상만이 일본 유학을 마치고 돌아오는 데 물심양면의 도움을 준다. 그러던 어느 날 동섭은 사회주의 운동을 하던 친구를 돕다 체포되어 수감이 된다.

동섭이 수감되자 자경은 낙담한 채 우울한 시간을 보내게 된다. 인애는 상만과 함께 자경과 같이 시간을 보내며 위로하려 한다.

> ▷ 세 사람은 한강 행 전차에 올라탔다. 간밤에 왔던 눈이 때각때각 얼어붙도록 강바람은 무섭게 차다. 얼음판 위에 까마귀 떼가 내려앉은 듯 새까만 사람의 무리로 더펏는데 가운데 둥그런 원을 에우고 얼음을 지치는 사람들이 참새같이 척게 보인다.

인용문에 나타난 세 사람은 자경, 상만, 인애이다. 이날도 상만과 인애가 자경을 위로하기 위해 한강에 스케이트를 타러 간 것이었다. 전차에서 내려서 바라보니 둥그런 원 주위로 까마귀 떼와 같이 모인 존재가 눈에 띄었는데, 바로 스케이트를 타는 사람들이었다. 겨울철 한강이 얼고 스케이트장이 개장을 하면 많은 사람들이 스케이트를 타러 나왔음을 알 수 있다.

소설에서는 상만과 자경이 스케이트를 타자 인애는 두 사람의 모습을 구경하는데, 삽화는 그 모습을 다루고 있다. 눈치 빠른 독자들은 상만이 연인인 인애가 아니라 자경과 스케이트를 타는 모습에서 뭔가 이상하다는 느낌을 받을지도 모르겠다. 물론 자경을 위로하기 위한 친절일 수도 있었겠지만, 남녀 사이란 그런 게 아닌지 이후 정말 정분이 난 상만과 자경은 결혼까지 하게 된다. 사실 정분은 우연히 일어난 게 아니라 출세욕에 눈이 먼 상만이 인애를 버리고 자경에게 접근한 것이었다.

상만과 자경이 스케이트 타는 모습을 보는 인애. 출처는 『동아일보』, 1936.3.17.

『밀림』에서 세 사람이 찾은 스케이트장은 『여인성장』에 나온 보트장과 비슷한 위치에 있었다. 한강철교와 인도교 사이에 있는 공간이었는데, 겨울에는 스케이트장으로, 여름에는 수영장으로, 또 봄과 여름에는 보트장으로 운영되었다. 그러니 여름에는 구역을 정해 두고 보트장과 수영장이 동시에 운영되었을 것이다. 뒤에서 확인하겠지만 한강 수영장의 입장료가 5전이었으니, 스케이트장의 입장료도 그 언저리였을 것 같다.

그런데 한강에서 스케이트를 탄 것은 언제부터였을까? 근래 빙상종목에서 한국 선수들의 선전에 자극받았는지 KBS 뉴스에서 스케이트에 대해 다룬 적이 있다. 뉴스에서는 스케이트가 한국에 유입된 것은 1920년대 들어서였으며, 본격적으로 스포츠 종목이 된 것은 1945년 해방 이후라고 보도했다.

하지만 뉴스와는 달리 스케이트가 한국에 유입된 것

은 그 이전으로 보인다. 『매일신보』를 보면 1912년 용산에 스케이트장을 개장했다는 소식을 전하고 있기 때문이다. 물론 당시 개장된 용산 스케이트장을 이용했던 사람들 대부분은 일본인이었다. 흥미로운 것은 그때 스케이트장을 '빙골장(冰滑場)'이라는 이름으로 불렀다는 것인데, 미끄러운 얼음 광장 정도의 의미가 될 것이다.

1910년대 중반부터는 스케이트를 타는 조선 사람들도 늘어났다. 같은 신문에 실린 기사를 참조하면 겨울이 되면 사대문 밖 논이 빙판으로 변하는데, 그러면 학생, 신사, 심지어 관리까지 스케이트를 즐겼다고 한다. 스케이트를 타는 사람들이 늘어나자 서로 경주를 하는 스케이트 운동회도 열리게 되었다. 아마 정식 대회는 아니었고 혼자 갈고닦은 스케이트 솜씨를 뽐내는 무대였던 것으로 보인다. 1920년대에 들어서는 스케이트를 판매한다는 신문 광고도 실렸는데, 재미있는 점은 당시 스케이트는 각자의 신발에 날만 붙이는 방식이었다는 것이다.

1910, 1920년대에는 겨울이 되면 사대문 밖 빙판이 된 논이나 인공으로 만든 빙설장에서 스케이트를 탔다. 그러다가 추위가 심해져 한강이 꽁꽁 얼면 마음껏 얼음을 지치러 넓은 한강으로 나갔다. 그런데 앞서 확인했듯이 한강이라고 아무데서나 탔던 것은 아니고 한강철교와 인도교 사이에 설치된 스케이트장을 이용했다. 1926년 3월 『동아일보』에 남편이 스케이트를 너무 좋아해 겨울이 되면 종일

왼쪽은 덕수궁 스케이트장의 모습이고, 오른쪽은 한강에서 스케이트를 타는 사람들의 풍경. 출처는 『동아일보』, 1939.1.16.과 『사진엽서로 보는 근대풍경 1』(부산박물관 엮음, 민속원, 2009), 542쪽.

얼음판에서 산다는 아내의 투정이 실려 있는 것을 보면, 1920년대 후반이 되면 스케이트를 즐기는 사람들이 꽤 많아졌음을 알 수 있다.

사진 중 왼쪽은 덕수궁에서 스케이트를 타는 모습이다. 뒤에서 살펴보겠지만 경복궁에서도 스케이트를 탔다고 한다. 덕수궁이나 경복궁에서 스케이트를 타게 했던 것은 일제가 창경궁을 동물원, 박물관, 식물원 등으로 이루어진 창경원으로 바꿨던 것과 같은 이유에서였을 것이다. 오른쪽 사진은 한강에서 스케이트를 타는 모습인데, 뒤로 보이는 다리는 한강철교이다. 『밀림』의 자경과 상만도 한강에서 스케이트를 타는 사진 속 사람들 중 하나였을지도 모르겠다.

앞서 스케이트의 기원을 다룬 KBS 뉴스로 다시 돌아가 보자. 뉴스에서는 스케이트가 본격적인 스포츠 종목이 된 것은 1945년 해방 이후라고 했는데, 그것도 사실과 다르다. 1924년 1월 이미 '제1회 전조선 스케이트 대회'가 열렸기 때문이었다. 당시에는 대회가 경복궁 연못에서 개최되었는데, 100여 명의 선수가 참가했다고 한다.

1929년 1월 열린 '제2회 전조선 스케이트 대회'부터는 한강 스케이트장에서 개최되었다. 1회 대회에는 남자부 경기만 열렸는데, 2회 대회부터 여자부 500미터 경기도 함께 열렸다고 한다. 『동아일보』는 한강에서 열린 2회 대회에는 5만 명에 가까운 관중이 모였다고 했는데, 주최를 했던 '동아일보사' 측의 과장도 섞여 있는 듯하다.

여름의 명소, 한강 수영장

현진건의 소설 가운데 『적도』가 있다. 100년 정도 전에 작품 활동을 했다는 점을 고려하면, 현진건은 그나마 독자들에게 잘 알려진 작가일 것이다. 특히 「운수 좋은 날」 「B사감과 러브레터」 등은 교과서에 실리며 누구나 한 번쯤 읽어봤을 만한 소설이 되었다.

『적도』는 1933년 12월부터 다음해 6월까지 『동아일보』에 연재된 소설이다. 『적도』는 「운수 좋은 날」이나 「B사감과 러브레터」만큼 많이 알려진 소설은 아니지만, 몇몇 흥미로운 점을 지니고 있다. 먼저 『적도』가 현진건의 친형인 현정건과 관련된 내용을 담고 있다는 점이다. 현정건은 독립운동에 매진했던 인물로, 사회주의 계열의 운동을 하다가 상하이(上海)에서 일본 경찰에 체포된다. 소설이 연재될 때는 출감 후 감옥에서 얻은 병을 이기지 못하고 세상을 떠난 상태였다.

또 하나 유의할 사실은 현정건이 세상을 떠난 지 두

달 정도 지나 그의 아내 윤덕경 역시 음독 자결을 했다는 것이다. 게다가 유서에는 시동생인 현진건에 대한 섭섭함도 들어 있었다니, 그녀의 자결 역시 소홀히 넘기기는 힘들 것 같다. 『적도』가 연재되던 시기는 현정건에 이어 그의 아내가 세상을 떠난 지 얼마 안 되어서였다.

『적도』의 중심인물은 김여해, 홍영애, 박병일이다. 여해와 영애는 사랑하는 사이였으나, 영애는 부호인 병일과의 결혼을 선택한다. 여해는 결혼식 날 병일을 찾아가 상해를 가하고 그것 때문에 감옥에 수감된다. 소설 『적도』는 5년을 감옥에서 보낸 여해가 출소하는 시점에서 시작된다.

그런데 이 책이 관심을 가지는 지점은 여해가 중학 시절 가장 좋아하던 스포츠가 한강에서 수영하고 보트를 타는 것이었다고 한 언급이다. 정식으로 수영을 배우지는 못해 수영선수가 될 정도는 아니었지만 발거리로 한두 간통을 왕복하는 정도는 되었다고 한다. 소설의 결말 부분에서 여해가 죽음을 결심하고 한강에 뛰어내린 병일의 동생 은주를 구할 수 있었던 것도 중학 시절 닦아놓은 수영 실력 덕분이었는지도 모르겠다.

한강에 수영장이 들어선 것은 언제였을까? 1929년 7월 『조선일보』에는 한강에 수영장이 개설되었음을 전하는 기사가 실렸다. 길이 35척, 폭 25척의 수영장이 만들어져 7월 24일에 개장한다고 했다. 그런데 당시 한강 수영장은 지금과 같은 풀(pool)이 아니라 한강에 구역을 정해 수영을 할 수 있는 공간을 지정한 것이었다. 뒤에 실린 1933년 7월 신문의 사진은 당시 수영장의 모습을 그려보는 데 도움을 준다. 그래서 그랬는지 입장료도 5전, 지금으로 하면 2,000~2,500원 정도에 불과했다. 그런데 시설이 미비한 부분이 있었던지, 1931년에는 수영장을 다시 정비했다는 기사가 실린다. 『적도』에서 여해가 중학 시절 수영을 했다는 것을 보면 수영장이 개설되기 전부터 한강에서 수영을 했던 사람들도 적지 않았음을 알 수 있다.

흥미로운 점은 한강 수영장의 위치인데, 역시 한강철교와 인도교의 중간이라고 되어 있다. 앞서 확인한 보트장이나 스케이트장과 같은 곳이다. 그러니까 겨울에는 스케이트장, 봄과 여름에는 보트장으로 개장되었다가 무더운 여름이 되면 보트장 한쪽을 수영장으로 사용했던 것 같다.

1938년 5월 『조선일보』에 실린 아래의 기사를 보면 수영장을 이용할 때 규정도 있었던 것으로 보인다.

▽ 뽀트 노리하는 규청 범위를 어기는 사람도 잇고 또는 수영하는 지역의 케한을 무시하고 케 마음대로 혜염을 치다가 불의에 비명으로 죽게 되는 불상사도 생기게 된다.

인용문에는 제한 지역을 무시하고 수영을 하다가 사고가 나는 경우가 생긴다고 했으니, 수영을 할 수 있는 지역이 제한되어 있었음을 알 수 있다. 다른 규정으로는 수

한강 수영장의 모습. 출처는 『조선일보』, 1933.7.24.

영을 해 한강을 횡단하는 것은 절대로 금지한다는 것이 있
는데, 수영 솜씨를 뽐내다 위험에 처하는 경우는 요즘과
크게 다르지 않았나 보다.

　　또 인용문에도 나와 있듯이 수영장과 보트장이 인접
해 있었으니, 각각이 제한 구역을 잘 지키라는 규정이 강
조되고 있다. 다른 규정은 백사장에 밤이 되면 풍기를 문
란하게 하는 젊은 남녀들이 많은데, 적발될 경우 엄벌에
처한다고 했다. 또 뱃놀이를 빙자해 여급이나 기생이 순진
한 젊은 학생들을 유인하는 것 역시 엄벌에 처한다는 것이
다. 벌이 얼마나 엄했는지는 모르겠지만, 후자는 그렇더라
도 백사장에서 젊은 남녀들이 풍기를 문란하게 했다고 엄
벌에 처한다는 것은 너무 가혹하게 느껴지기도 한다.

　　수영장은 뚝섬에도 있었다. 경성궤도회사에서 운영

하던 유원지에 위치한 수영장이 그것이었다. 그런데 뚝섬 수영장이 유명세를 탄 것은 안타깝게도 사고 소식 때문이었다. 『조선일보』에 실린 기사 「뚝섬 수영장의 참변, 익사, 실종 18명」를 보면 1934년 8월 19일 뚝섬 스영장에는 2,000여 명의 사람들이 몰려 호황을 이루었다그 한다. 그런데 사고는 '수박 줍기' 게임에서 일어났다. 상류에서 흘려보낸 수박을 먼저 줍는 사람이 차지하는 게임이었는데, 서로 먼저 줍기 위해 다투다가 깊은 곳에 빠지게 되었다는 것이다. 기사는 그때까지 사망 7명에 실종 11명이라고 했으니, 안타까운 사고라고 할 수 있겠다.

유원지의 탄생, 그 명암

사전을 찾아보면 유원지(遊園地)는 '돌아다니며 구경하거나 놀기 위하여 여러 가지 설비를 갖춘 곳'이라고 되어 있다. 공원이 '국가나 지방 공공단체가 공중의 보건, 휴양, 놀이 따위를 위하여 마련한 사회 시설'을 뜻했으니, 크게 다르지 않음을 알 수 있다. 애써 구분하자면 공원은 국가나 공공단체 세웠다는 공적인 성격이 강하다면 유원지는 그렇지 않다는 정도이다. 유원지의 가장 중요한 성격은 놀이를 위해 만들어진 공간이라는 점이다.

이와 관련해 요한 하위징아(Johan Huizinga)는 놀이하는 인간, 곧 '호모 루덴스(Homo Ludens)' 개념을 설명하면서 놀이는 그 자체를 목적으로 하며 그것을 통해 현실에서 벗어나 환상의 세계로 들어간다고 했다. 또 이자벨 오리코스트(Isabelle Auricoste) 역시 유원지나 공원같이 특정화된 공간은 욕망을 충족시키는 낙원 등 현실과는 다른 세계를 찾으려는 인간의 욕망과 연결되어 있다고 했다. 하지만 실제 유원지가 건립될 때는 수익을 얻기 위한 상업적 의도가 크게 작용했음도 간과해서는 안 된다. 거칠게 정리하면 유원지는 현실에서 벗어나는 환상을 느끼기 위해 돈을 내고 입장하는 공간이라고 할 수 있을 것이다.

조선에 유원지라는 용어가 전해진 것은 개항 이후 일본을 통해서였다. 메이지 시대 일본은 근대 국가를 수립하면서 서구의 공원 제도를 빠르게 도입했다. 일본에서 유원지는 이전 존재했던 민영의 '유원(遊園)'에 서구의 공원 개념과 시설이 더해지면서 탄생했다. 더해진 개념과 시설에는 관리와 위생 등 도시 시설로서의 목적 역시 크게 작용했다.

이어 러일전쟁에서의 승리와 자본주의의 급속한 성장, 신흥 부르주아의 발흥 등은 일본에 다이쇼(大正) 문화를 성립시켰다. 개인주의와 인도주의 그리고 교양주의를 중요하게 생각하는 기풍이 탄생했으며, 소비문화의 도입과 함께 활동사진, 유행가, 서양 패션의 보급 등 대중문화에 향한 관심이 높아졌다. 다이쇼 시대에 이루어진 이러한 변화 역시 유원지가 자리를 잡는 사회적, 문화적 배경이 되었다.

유원지의 등장은 철도의 발달과도 긴밀하게 관련되어 있었다. 다이쇼 시대가 되면 철도 연선의 발달로 교외의 유원지에서 휴일을 보내는 새로운 생활방식이 등장한다. 교외에 유원지가 조성됨으로써 새로운 승객들이 생기고, 승객의 증가는 선로 근처에 위치한 부지의 개발을 유도하는 연쇄효과를 불러일으켰다.

그러니까 유원지는 일상에서 벗어나려는 대중의 욕망을 충족시키고 나아가 새롭게 창출하는 과정을 통해 이윤을 추구했다고 할 수 있다. 1920~30년대 경성에 유원지가 등장했던 과정 역시 일본과 크게 다르지 않았다. 경성에 거주하며 일하던 회사원, 노동자들은 친구, 가족들과 함께 전철을 타고 소음과 공해로 가득한 현실을 피해 근교의 낙원인 유원지로 가게 되었다. 한강 유원지도 그 중 하나였다.

식민지 시대 한강 유원지가 나들이 코스로 인기가 있었던 데는 경성에 놀거나 쉴 수 있는 공간이 드물었다는 아이러니한 이유 역시 작용하고 있다. 공원이라고 해 봐야 파고다, 장춘단 공원 정도였고, 그 밖에 갈만한 곳으로는 남산이나 창경원 정도에 한정되었다. 백화점 식당에서 '베이비런치(御子様洋食)'라는 어린이 메뉴를 마련해 가족 손님을 유혹했던 것도 이러한 상황과 무관하지 않았다.

당시까지 가족 동반으로 외식을 할 만한 공간이 없었기 때문인데, 식당뿐만 아니라 가족이나 친구, 연인과 함께 나들이를 할 공간 역시 부족했다. 백화점에서 옥상에 정원을 마련하고 동물이나 식물을 전시했던 것도 그것과 관련이 된다. 당시 높은 건물이 드물어서 백화점의 옥상을 놀이공원과 같이 꾸미고 음료와 간단한 요깃거리도 판매하면서 가족을 동반한 손님을 끌었던 것이었다.

　이제 다시 박태원 소설 『여인성장』으로 돌아가 보자. 우연히 화신백화점 앞에서 조우한 철수와 숙자는 함께 한강으로 갔다. 한강철교에서 강물이 흘러가는 모습을 보던 두 사람은 보트를 빌려 탔다. 조용한 모래 턱에 배를 대고 철수가 슈베르트의 세레나데를 부르자 숙자는 두 손으로 얼굴을 가리고 흐느껴 운다. 그런데 숙자는 왜 그리 서럽게 울었을까?

　앞서 얘기했지만 철수와 숙자는 연인 사이였다. 교제를 이어가던 중 갑자기 숙자는 운명이 철수를 떠나 남의 사람이 되기를 강요한다는 편지를 보낸다. 그러고는 상호와 혼인을 하고 원치 않는 결혼 생활을 이어간다. 그날의 외출도 사실 혼인 전 다른 남자의 아이를 가졌다는 의심을 받고 시집에서 쫓겨난 것이었다.

　사실 숙자를 임신시킨 사람은 상호였다. 혼자 숙자를 좋아하던 상호가 어떻게든 사귈 욕심에 술을 먹인 후 겁탈을 해서 생긴 아이였다. 임신 때문에 어쩔 수 없이 혼인을 한 것이었는데, 다른 남자의 아이라는 의심까지 받았으니 숙자의 마음은 얼마나 참담했을까?

　숙자가 화신백화점 앞에서 서성이고 있었던 것은 시집에서 쫓겨나긴 했지만 친정으로 가기는 당설여져서였다. 그러니 전차를 타고 한강 유원지에 가서 보트를 탈 동안 간신히 참았던 설움이 터진 것일지도 모르겠다. 숙자에게 자초지종을 들은 철수는 혼인 후 상호가 그래도 노력하지 않느냐며 힘들어도 시집으로 돌아가라고 한다. 그러고는 이리저리 모래 위를 거닐다가 이탈리아의 에두아르도 디 카푸아(Edwardo Di Capua)의 곡 '오! 솔레미오('O Sole Mio)'를 가만히 휘파람으로 분다.

『여인성장』의 결말은 숙자가 시집으로 돌아가 혼인 생활을 이어가는 것으로 마무리된다. 시집으로 돌아가게 된 것이 한강에 나가 보트를 타고 나서였으니, 한강은 숙자처럼 말 못할 사연이 있는 사람들에게 위안이 되었음은 사실인 것 같다. 하지만 유원지라는 것이 고단한 현실에 시달리다가 잠시 돈을 주고 환상을 얻는 공간이었음을 환기해 보면 이후 숙자의 혼인 생활이 행복했을지는 모르겠다. 그것은 철수 역시 마찬가지다.

한강 유원지의 향락 거리

식민지 시대 한강 유원지는 계절에 따라 보트장, 수영장, 스케이트장 등으로 사용되었음을 살펴보았다. 보트장, 수영장, 스케이트장 모두 같은 공간, 곧 한강철교와 인도교 사이에 위치한 곳에서 운영된 사실도 흥미로웠다. 그래서 겨울철 스케이트장으로 운영될 때는 문제가 안 되었지만, 여름이 되어 수영장과 보트장이 동시에 개장되었을 때는 구역을 나누어 운영되기도 했다. 여기서는 경성 사람들에게 한강의 의미를 환기한 글과 한강에서 스케이트를 즐기는 감상을 다룬 글 두 편을 살펴보려 한다.

「그들의 봄 타령 -봄꿈 실흔 뽀트들」, 『조선일보』, 1934년 4월 19일.

한강이 생겨나고 서울이 생겼겟지마는 서울 사람들 일부에 잇서서는 밥과 옷 다음에 한강을 꼽을만치 업서서는 안 될 한강이다. 웃기 위하야도 한강에, 울기 위하야도 한강에, 오래 살고 튼튼하게 살랴고도 한강에, 지긋지긋한 목숨을 끈키 위해서도 한강에……. 말업시 흐르는 한강물은 서울 사람들의 만병수(萬病水) 노릇을 하고 잇다. 이가치 쓸모 잇는 한강도 가장 넓게 리용되기는 40만 서울 사람들의 향락을 위한 부분이 케일 클 것이다.

먼저 1934년 4월 『조선일보』에 실린 「그들의 봄 타령

-봄꿈 실흔 뽀트들」은 당시 경성 사람들에게 한강이 얼마나 소중한 존재인지 얘기하고 있다. 웃고 울기 위해, 또 건강하게 살거나 반대로 목숨을 끊기 위해, 사람들은 한강을 찾는다고 했다. 하지만 경성 사람들이 한강을 가장 많이 이용하는 것은 향락을 위한 목적이라며, 이어지는 부분에서는 보트 놀이를 하는 사람들을 다루며 파란 물 위를 떠다니는 백조와 같다고 했다.

김기림, 어느 오후의 '스케-트' 철학 (1), 『조선일보』, 1935년 2월 19일.

자신을 갖게 된 것은 지난 겨울 '스케-트'를 시작한 다음부터다. 그 뒤로는 추위란 아주 무섭지 안흔 것이 되어 버렷고 겨울은 어느새 나의 친한 벗의 하나가 되어버렷다. 한강 언덕을 척시는 살진 물굽이에 부대처서 부스러 떨어처 흐르는 열분 어름쪼각에 실여가는 여울의 낙막한 최후란 한업시 애처러운 것이 되어버렷다.

　　1935년 2월 김기림이 발표한 『조선일보』에 실린 「어느 오후의 '스케-트' 철학 (1)」은 먼저 겨울이 되면 감기 등 건강에 대한 걱정을 떨치지 못하는 사람들에 대해 얘기한다. 글은 겨울이 되면 감기에 들까 입마개, 곧 마스크를 쓰는 등 온몸을 꽁꽁 싸매는 사람들을 냉소적으로 바라본다. 그리고 필자 자신은 겨울이 와도 감기 걱정을 하지 않는다며, 그것을 스케이트를 즐기는 덕분이라고 했다. 그러고는 오히려 겨울 내내 한강에서 스케이트를 즐기다 겨울이 지나가면 한없는 애처러움을 느낀다는 것이다.

소설 속 식민지 공간을 만나다
경성의 핫플레이스

1판 1쇄 인쇄	2025년 10월 24일
1판 1쇄 발행	2025년 10월 30일

지은이	박현수
펴낸이	유지범
책임편집	구남희
편집	신철호·현상철
외주디자인	심심거리프레스
마케팅	박정수·김지현

펴낸곳	성균관대학교 출판부
등록	1975년 5월 21일 제1975-9호
주소	03063 서울특별시 종로구 성균관로 25-2
전화	02)760-1253~4
팩스	02)760-7452
홈페이지	http://press.skku.edu/

ISBN 979-11-5550-683-7 03810